Das 13. Jahr – ohne Dich

IRMGARD HÜLSEMANN

Das 13. Jahr – ohne Dich

Bibliografische Information der Deutschen Nationalbibliothek

Die Deutsche Nationalbibliothek verzeichnet diese Publikation in der Deutschen Nationalbibliografie; detaillierte bibliografische Daten sind im Internet über http://dnb.dnb.de abrufbar.

© 2016 Irmgard Hülsemann

Satz, Umschlaggestaltung, Herstellung und Verlag: BoD – Books on Demand

ISBN 978-3-7431-0585-0

Wenn einem Menschen ein Unglück widerfährt, hat er das Gefühl, im Exil zu sein. Er wurde vertrieben von allem, was er glaubte, von der gesamten Geschichte seines Lebens. Plötzlich ist für ihn nichts mehr selbstverständlich.

David Grossmann
Aus: Dankesrede zum Friedenspreis des Deutschen Buchhandels 2010

Trauer bedient sich im Körper derselben Sprache wie Verliebtheit, da ist kein Unterschied. Die dummen Organe erzählen von Unruhe und Begierde, ohne eine Ahnung zu haben, dass das Verlangen nach einem Lebenden ein ganz anderes ist als das nach einem Toten. Trauer ist Verliebtheit ohne Erlösung.

Connie Palmen
Aus: Logbuch eines unbarmherzigen Jahres

Ein Trauma ist nicht Bestandteil einer Geschichte; es steht außerhalb der Geschichte. Es ist das, was wir nicht in unserer Geschichte haben wollen.

Siri Hustvedt
Aus: Die Leiden eines Amerikaners

2013

Donnerstag, 3.1.

Das Trostteil ist weg! Mein Blick wird ab sofort stets auf die leere Stelle fallen. Eine weitere Leerstelle. Es ist tatsächlich passiert, der sorgsam gehütete Schatz ist fort. Nach 13 Jahren losgelassen. Wilfrieds samtiger, dunkelblauer Bademantel, in den ich mich verstecken, verkriechen und einkuscheln konnte, wenn Sehnsucht und Schmerz kaum mehr auszuhalten waren. Es war undenkbar, mich je in meinem Leben von diesem Trostobjekt, einem Bindeglied zur Vergangenheit, freiwillig zu trennen. Aber nun ist es fort.

Bis zu Fridus Tod hätte ich stets behauptet, dass Dinge doch nur einfach Dinge sind. Tote Materie. Jederzeit ersetzbar. Niemals war mir der Gedanke gekommen, dass auch Dinge wirklich wichtig sein können. Lebenswichtig. Ich hatte nicht die leiseste Ahnung, bis mir schließlich dieser blaue schwere Stoff erlaubte, jahrelang die Illusion aufrecht zu erhalten, dass er den unverwechselbaren Körpergeruch des geliebten Menschen aufgesogen, ihn für immer speichern, festhalten würde, gemischt mit all den Spuren vom Pfeifentabak *Rum and Maple* und von *Agua Brava*, dem Duft seines Rasierwassers. Lebensspuren des Toten.

Wider alle Vernunft stellte ich mir vor, nein, war ich davon überzeugt, dass der Mantel bereit war, Trost zu spenden, wenn mein Gesicht, in das Dunkel gepresst, Zuflucht suchte. Irgendwann, erst nach Jahren, vielen Jahren steckte ich den Mantel in die Wäsche. Tat es voller Widerwillen und bangen Herzens, das Resultat zu Recht befürchtend. In welchem Jahr war das? Ich weiß es nicht mehr. Die Enttäuschung, als er völlig anders roch als zuvor. Eben einfach nach frischer Wäsche. Das rasche, sorgfältige Einsprühen mit *Agua Brav*a nutzte wenig. Der Duft seiner Haut war mir für immer verloren.

Es war an einem Wochenende in der Passage an der Uhlandstraße, als Wilfried und ich ihn kauften. Ich erinnere genau, wie froh er war, für seine über zwei Meter Länge endlich nicht nur einen Notbehelf, sondern einen passenden und dazu noch eleganten schönen Bademantel gefunden zu haben. Viele, viele Sachen schenkte ich nach seinem Tod rasch und ohne zu zögern fort. Männer aus seinen Therapiegruppen durften Leinenhemden, wunderschöne Samtwesten, extra für ihn angefertigte Jacken und alle möglichen Dinge mitnehmen. Sein blauer Bademantel musste bleiben. Ich brauchte ihn. Er war mir unverzichtbar. Wurde so zum Trostteil und hing weiter an der Stelle im Bad, als ob nichts geschehen wäre und sein Träger jederzeit in ihn hineinschlüpfen könne. Er suggerierte die Nähe der geliebten Gestalt. Oft berührte ich ihn nach dem Duschen, vergrub kurz mein Gesicht in ihm, hielt mich an ihm fest. Beschwor den, der ihn getragen hatte: „Lass mich nicht allein. Pass auf mich auf."

Fast 13 Jahre sind inzwischen vergangen. Erst jetzt, heute Vormittag habe ich ihn loslassen können. Als ich die Ärztin Jenny de la Torre im Radio über ihre Arbeit mit Obdachlosen sprechen hörte, war spontan der Impuls da, den Bademantel zusammen mit anderen Dingen zur Jenny de la Torre Stiftung in die Pflugstraße 12 zu tragen. Wenn ich nicht sofort gehandelt und mich gleich auf den Weg gemacht hätte, wäre es mir womöglich nicht gelungen. Seit er weg ist, stelle ich mir vor, dass ein obdachloser Mann, ähnlich groß von Gestalt, zumindest gepflegt, wenn nicht sogar eindrucksvoll darin aussehen wird. Es ist dieses Bild von einem Fremden, Unbekannten, was tröstet. Morgens nach dem Duschen, wenn ich mich abtrockne, wird in Zukunft der Blick auf die leere Stelle fallen und mir einen Stich versetzen.

Samstag, 5.1.
Heute Vormittag brachte die Post ein dickes Paket. „Schattenjagd", mein neues Buch ist da. Ich freue mich, es in Händen zu halten und bin gespannt auf Reaktionen. Es erzählt romanhaft und fiktiv die Geschichte einer Klientin namens Franca, die mit traumatischen Erlebnissen in die Praxis kam. Neben dem Versuch, einen Therapieprozess zu schildern, geht es auch um die Geschichte der Therapeutin Dr. Charlotte Graf. Sie hat ebenfalls Schweres zu verarbeiten, tastet sich

aber vorsichtig wieder an das Leben und sogar an eine neue Liebe heran. Der Krimi Plot ist nicht von zentraler Bedeutung.

Eigentlich hatte ich vor, einmal etwas spielerisch Leichtes zu versuchen. Das ist mir zwar nicht ganz gelungen, aber es hat Freude gemacht, Figuren zu erfinden, sie mit einem Charakter, einer Geschichte, mit Leben auszustatten und ganz nebenbei noch etwas über meine therapeutische Arbeit zu erzählen.

Abends ins Deutsche Theater, um „Die Möwe" in der Inszenierung von Jürgen Gosch zu sehen. Corinna Harfouch spielt die Arkadina. Auch die übrige Besetzung ist hochkarätig. Die drei Stunden sind keine Sekunde langweilig. Der Heimweg ist mühsam. Kälte und Dunkelheit setzen mir zu. Früher war das anders.

Sonntag, 6.1.

Die Weihnachtspause ist zu Ende. Am Montag beginnt die Arbeit in der Praxis wieder, von morgens 9 bis abends 20 Uhr, mit einer mittäglichen Pause.

Nach meinem Besuch in der Pflugstraße vor drei Tagen und der Trennung von dem Trostteil kommt ab und zu die Idee hoch, davon zu erzählen, warum es so lange dauern kann, den eigenen Lebensfaden wieder fester zu knüpfen, ihn überhaupt knüpfen zu wollen. So frage ich mich nach 13 Jahren in manchen Momenten immer wieder, ob es inzwischen für mich ein eigenes Leben ohne ihn gibt oder ob es weiter eine Art Provisorium ist, ein So-tun-als-ob. Frage mich, ob Äußeres und Inneres weiterhin wund und grotesk auseinanderklaffen wie zu Anfang oder ob nach all den Jahren eine wirkliche Veränderung stattgefunden hat, die ich mir nur bewusst machen muss. Macht es Sinn zu prüfen, warum es so lange dauert, wieder im Leben anzukommen?

Unmittelbar nachdem sich die Katastrophe ereignete und noch lange danach war die voranschreitende Zeit nichts weiter als ein schrecklicher Feind, der unerbittlich zum Weitergehen drängte, obwohl jede Zelle in mir schrie, für immer verharren zu wollen. Von diesem Angewurzelt-Bleiben kann ich erzählen, dem Erstarrt-Sein im Warten, weil ein Schritt weiter ohne den Toten undenkbar ist. Den irrsinnigen Manövern, ungeschehen machen zu wollen, was passiert ist, den Versuchen, wider jede Vernunft das Geschehene aufzuhalten, das Unbegreifliche zu verweigern. Nicht akzeptieren zu können, dass der Tod unwiderrufbar *wirklich* ist. Von der Erfahrung berichten, dass lange, lange, lange nichts hilft. Wirklich nichts.

Es muss also von diesem schockgleichen Zustand die Rede sein, dem Vakuum, dem innerlichen Eingefroren-Sein, während empörender Weise draußen alles weitergeht. The show must go on. Wie lange habe ich mir selbst zugeschaut bei all den seltsam unwirklichen Bewegungen in diesem aus der Zeit gefallenen Raum? Für sehr lange Zeit. Jahre. Jahre. Jahre. Und im Gefühl keinerlei Hoffnung, dass das je wieder anders wird. Im Gegenteil, unter der Haut, in den Knochen nistete sich die Gewissheit ein, dass es kein wirkliches Leben mehr geben wird. Es wird so bleiben. Muss so bleiben. Denn alles andere wäre Verrat. Nach 32 Jahren. Ein Leben ohne ihn – nicht denkbar, nicht deshalb, weil ich nicht alleine leben könnte, sondern weil ohne ihn alles Erleben unwirklich bleibt, farblos, unsinnlich, sinnlos. Unwirklich auch die eigene Person.

Der Spruch „Die Zeit heilt alle Wunden" bleibt mir nichtssagend. Ohne Bedeutung. Und überhaupt, welche Zeit soll heilen? Die Zeit der Vergangenheit? Wenn in süchtigen Rückblicken Zuflucht gesucht wird vor den Folgen des Fallbeils, das alles Vertraute bis zur Unkenntlichkeit zerschnitten, zerstückelt und zerschlagen hat? Oder die Zeit, in der die Erinnerung das gemeinsam gelebte Leben immer und immer wieder befragt, befühlt, betastet, beleuchtet? In der verzweifelt und gierig gelebtes Leben nachgeschmeckt, aus dem Brunnen der Erinnerung Stärkung gesucht wird, um bei Verstand zu bleiben? Oder ist die Zeit gemeint, die einen immer weiter von allem Vertrauten trennt, zum unmenschlichen Spagat zwingt, einen zerreißt, weil all das, was nachher geschieht, den Abwesenden umso schmerzlicher anwesend sein lässt? Also, was heilt? Und welche Wunden? Es mag Tode geben, die tröstlich sind, Abschiede die erlösen. Ich spreche hier von einer anderen Erfahrung.

Dennoch bahnt sich etwas Neues an. Als ob das lange Unvorstellbare wieder zu atmen beginnt, zu leben. Zum ersten Mal seit nun fast 13 Jahren empfinde ich minutenlang ein wirkliches Gefühl von echter Vorfreude auf das noch Kommende. Dabei vermag ich noch gar nicht zweifelsfrei und klar zu benennen, wodurch diese für immer versperrte, für immer verschlossen geglaubte Türe einen Spalt breit geöffnet wurde. Weil das neue Buch da ist? Weil ich nach der OP im letzten Sommer wieder schmerzfrei laufen kann, nach acht Jahren Qualen ohne Ende? Weil unendlich viel Zeit vergangen ist? Oder doch, weil ich inzwischen die Realität akzeptiert habe?

Es gibt noch keine plausible Antwort. Aber da war auf einmal wieder – wenn auch nur kurz – eine pulsierende heiße Freude wie sie früher ganz oft und selbstverständlich in mir war. Ungläubig staunend nahm ich das wahr.

Von dem unfassbar grauenhaften Riss vor 13 Jahren, am 9.6.2000, habe ich ausführlich in „Sein Herz war ein blauer Vogel" erzählt. Habe Fridu in Briefen von seinem Tod erzählt, von den Reaktionen der Menschen, die ihn kannten, ihn auch liebten. Da waren jene, die nur empört „so eine Scheiße" herausbrachten, sich die Trauer mit Wut vom Leibe hielten, und jene vielen anderen, die sprachlos und hilflos nach Worten suchten, irgendetwas stammelten und mir dadurch nahe waren. Wir beide waren nicht vorbereitet auf diesen Schlag an jenem wunderschönen, sonnigen Pfingstsamstag. Als Wilfried kurz nach 20 Uhr barfuss im Garten herumspazierte und vor meinen Augen auf die Knie sank, schien es zunächst wie so oft ein Spaß zu sein. Aber als er nicht mehr aufstand, kein Laut von ihm kam, ich zu ihm rannte und ihn auf meinen Schoß zog, er Sekunden später, die erstaunten Augen in das Grün der Bambusbäume richtete und schon in einer ganz anderen Sphäre war, wusste ich, dass er gerade starb.

Küsse holten ihn nicht zurück. Flehentliches Rufen nützte nichts. Nicht der Schrei, als ich sah, was ich nicht begriff. Nicht begreifen konnte, wollte, dass das, was in dem Moment auf meinem Schoß passierte, der Tod war. Dass der Liebste, der vor einer Sekunde noch voller Leben war, gerade vom Tod weggerissen wurde. Einfach so, nach 32 Jahren des Zusammenlebens, Liebens und Streitens. Ja, auch heftiger Streits und Auseinandersetzungen.

Eine solche nicht gewählte Trennung, eine Trennung ohne Abschied, die von einer Sekunde zur anderen alles, alles verändert, ist nicht zu verstehen, nicht zu begreifen. Der Überlebende fällt aus der Zeit. Landet auf einem fremden Planeten. Sieht durch eine undurchdringlich dicke Glaswand entsetzt, wie das Leben weitergeht. Das Leben der anderen. Alles Vertraute wird zutiefst fremd. Es ist als ob ein Teil der eigenen Person wie gelähmt, durch einen bösen Zauberspruch gebannt, an der Stelle, wo der Tod zugeschlagen hat, angewurzelt stehen bleibt, während ein anderer Teil sich scheinbar löst und spricht und handelt und isst und schläft und so tut als ob. Eine Kernspaltung. Alles fliegt auseinander, ist in nicht mehr wieder erkennbare Teile zersprengt. Es gibt keinen Anker mehr. Ohne die Liebe, den Schutz, die Güte der nahen Freunde und vieler anderer Menschen wäre ich verloren gewesen.

Und trotz aller Unterstützung von außen, bleibt es sehr lange unmöglich zu fühlen, dass der Tote wirklich tot ist. Er kann doch gar nicht tot sein. Er wollte doch so alt werden. Lange leben. Außerdem spürte meine Haut ihn doch noch. Fühlte die Wärme seiner Hände. Alles atmete noch sein Leben. Erzählte von ihm. Seiner Persönlichkeit, seiner Besonderheit. In den Räumen klang noch dieses wunderbare Lachen. Die lebhafte Stimme. Und auch die Dinge erzählten, dass er nicht tot sein kann. Nicht für immer und immer fort sein. Er ist allenfalls verreist. Wie so oft. Auf Lesereise oder mit Männergruppen unterwegs. Einfach warten, geduldig sein. Bald wird er wieder da sein.

Unvermeidbar und gnadenlos fliegt irgendwann der Selbstbetrug auf, der faule Zauber zerfällt, wird die Zeit des Wartens zu lang. Alle phantastischen Ausflüchte funktionieren nicht mehr, jedes Hilfskonstrukt bröckelt, fällt auseinander.

Ungefähr zu dem Zeitpunkt tauchte eine andere rettende Idee auf. Ich würde einfach auch verschwinden. Wünschte nichts sehnlicher, als auch tot zu sein, um bei ihm zu sein. Zwei Jahre nach dem ersten Abschiedsbuch schrieb ich „Reise ohne Dich – Weiterleben", ein Buch über diese Überlebensversuche. Über all die hilflosen Fluchtbewegungen. Jede Stunde. Jeden Tag. Immer wieder Versuche, so zu tun, als ob nicht alles völlig absurd wäre. Einfach sinnlos.

Das Leben stellt die unlösbare Aufgabe, den Tod zu verstehen. Aber er ist weder zu verstehen, noch zu begreifen. Er ist das Unbegreifliche schlechthin, denn der geliebte Tote ist zwar nicht mehr sichtbar da, aber er ist doch weiterhin höchst lebendig in tausenderlei Abdrücken, dem Hinterlassen von Spuren in Dingen, von mit Orten verbundenen Erlebnissen, dem Wissen um all seine Lieblingsspeisen, der Musik, die ihn rührte, der Kunst, die ihn begeisterte, eben der Welt, die die seine war. Und während er in mir, in meinem Körper, auf der Netzhaut der Augen, den Lippen, den Händen, der Haut, den Zellen ganz lebendig bleibt, ist ein wesentlicher Teil von mir selbst verschwunden. Die Person, die ich nur mit ihm sein konnte, hat er mitgenommen. Die Gleichzeitigkeit von Tod und Leben.

Während ich mit Freunden ein Jahr nach seinem Tod in China herumreiste und alles fremd war, machte ich die interessante Erfahrung, dass ich mich selbst dort in der Fremde vertrauter fühlte als Zuhause. Ich erklärte es mir so, weil ich mich wohl im Vertrauten, das auf so radikale Weise zerstört und auseinander gefallen war, nicht mehr fand, mir selbst völlig fremd war.

Donnerstag, 10.1.
Am Abend im Kino Capitol den Film „Hannah Arendt" mit Barbara Sukowa in der Rolle von Hannah Arendt gesehen. Ihr Buch „Die Banalität des Bösen" las ich während des Psychologiestudiums. Davor verfolgte ich mit 15 Jahren bei einer Tante – weil wir zu Hause keinen Fernseher hatten – den Eichmann-Prozess in Jerusalem. Ein erstes politisches Erwachen, als ich aus dem schiefen Mund dieses blassen, wie ein x-beliebiger Behördenmensch aussehenden Mannes die Worte hörte: „Meine Schuld ist mein Gehorsam." Das um Gehorsam bemühte, brave katholische Mädchen, das ich damals war, fühlte bei diesen Worten ein kaltes Entsetzen, welches mich zum Glück nie wieder verließ. Später dann die Lektüre von Erich Fromm „Über den autori-

tären Charakter". Wichtigstes Fazit: Es gilt, unterscheiden zu lernen, gegenüber wem oder was Gehorsam und Ungehorsam notwendig ist.

Es gibt Stellen in dem Film, denen ich so rasch nicht folgen konnte, über die ich nachdenken muss. Ich wusste nicht, dass sie für ihre Berichterstattung in Amerika so massiv angefeindet und sogar körperlich bedroht worden war. Bin noch einmal neu neugierig auf diese Frau geworden. Habe mir von Alois Prinz „Hannah Arendt oder Die Liebe zur Welt" bestellt und den Briefwechsel zwischen ihr und ihrem Mann Heinrich Blücher, Briefe, die sie sich in der Zeit von 1936-1968 schrieben.

Mir fehlen die Anregungen durch Wilfrieds politisch geschulten, kritischen Blick so sehr. Der Austausch zwischen uns über das, was in der Welt geschieht, über politische Ereignisse und Entwicklungen, sie aus je unterschiedlicher Perspektive anzuschauen und zu erörtern, war ganz alltäglich und selbstverständlich. Erst durch das Abgeschnittensein von dieser sprudelnden Quelle wird das unersetzbar Kostbare immer wieder schmerzlich deutlich.

Freitag, 11.1.

Die erste Arbeitswoche liegt schon wieder hinter mir. Erfreulicherweise sind alle ohne größere emotionale Einbrüche oder Konflikte an den Festtagen, die mitunter zu familiären Großkampftagen werden, wieder zurück. Von jeder Frau und jedem Mann, die heute zu mir in die Praxis kommen, habe ich erfragt, was sie sich für das neue Jahr wünschen. Und zwar von sich selbst. Was möchten Sie versuchen? Üben? Was ändern? Die Frage regt häufig zu neuen eigenen Aktivitäten an. Nicht auf Wunder warten!

Was mich selbst betrifft, will ich eine ehrliche Antwort auf die Frage finden, ob ich wirklich alles tue, was in meinen Kräften steht, um auch ohne Fridu ein sinnerfülltes Leben zu haben. Im beruflichen Bereich, bei der therapeutische Arbeit in meiner Praxis mit unterschiedlichsten Menschen ist alles ganz klar. Die Arbeit ist fraglos erfüllend und im hohen Maße befriedigend. Da erübrigt es sich, nach dem Sinn zu fragen. Aber für mich ganz allein? Da ist kein Mangel an Bemühung, aber mitunter ertappe ich mich doch dabei, innerlich auf Abschied eingestellt zu sein. Was hält mich? Was bindet wirklich? Es sind nur Momente, die mich aber skeptisch sein lassen, ob ich nach den Jahren ohne ihn bereit bin zu fühlen, dass das, was ich jetzt täglich lebe und erlebe, die neue, andere Wirklichkeit ist, mein *eigenes* Leben – oder doch nur eine Art gnädiger Selbsttäuschung?

Wir sind beide im Zeichen der Zwillinge Geborene. Vielleicht fällt es mir auch deshalb immer schwer, nur im Selbstgespräch wichtige Fragen zu klären. Zum klärenden Denken brauche ich den Austausch, ein waches, offenes Gegenüber. Und abgesehen davon gibt es Fragen, auf die ich nie eine Antwort bekommen werde, weil der, der sie geben könnte, nicht mehr ist. Manchmal kommt der Gedanke, ob das Festhalten nicht wesentlich mit diesen unbeantworteten Fragen zusammenhängt.

Auch mit jener von ihm verheimlichten Liebe, die sowohl obsessiv als auch zerstörerisch gewesen sein muss. Ein Jahr vor seinem Tod fühlte ich mitunter, dass etwas zwischen uns nicht stimmte. Mich quälten Herzschmerzen und eine seltsame Trauer. Es gab eine für mich unerklärlich Distanz. Wilfried entzog sich meinen Nachfragen. Gab keine klärende, entlastende Antwort. Dabei hätte er die Freiheit gehabt, noch einmal neu zu wählen, zu gehen, auch wenn es mich zerrissen hätte. Mir war die Freiheit in der Liebe immer das Kostbarste und Wichtigste, ein Geschenk unter Freien und kein Rechtsanspruch oder gar Besitz. Manche Liebesproben wurden von uns gemeistert. Dieses Mal blieb alles im Dunkeln, sollte Geheimnis bleiben bis in den Tod.

Bei Aufräumarbeiten kurz nach seinem Tod stieß ich auf einen Aktenordner. Inmitten der abgrundtiefen Trauer kam mir da etwas in Briefen, Gedichten und Fotos entgegen, was mein Fassungsvermögen überstieg. Das Hirn begriff den Inhalt dieser Sammlung, diesen zusätzlichen Dolchstoß nicht. Verweigerte es, immer neue Wahrheiten verkraften zu sollen. Dann erfuhr ich, dass Menschen dicht in meiner Nähe längst davon wussten. Sie bewahrten Schweigen, verbrachten viel Zeit mit uns bei gemeinsamen Unternehmungen und waren offenbar fähig, mir in meiner Blindheit zuzusehen. Nach dieser Entdeckung damals fürchtete ich zeitweise um meinen Verstand.

Fünf Jahre Abstand waren nötig, um Kraft zu sammeln, mich mit dem Inhalt dieser Liebesakte zu befassen. Erst nach einer Istanbul-Reise begann ich Schritt für Schritt zu rekapitulieren, was damals geschehen war. Ich wollte verstehen, schrieb unter quälenden körperlichen und psychischen Schmerzen das Buch „Liebeslauf – oder eine fast alltägliche Geschichte".

Heute zerfleischt mich die Trauer über all das Unvorstellbare an Betrug und Verrat nicht mehr so wie zu Anfang, als der Schmerz wie ein tollwütiges, kaum zu bändigendes Tier über mich herfiel. Die leidvolle Erfahrung ist allmählich und stetig wie ein großflächiges Gewebe in mein Dasein eingewachsen, bleibt untrennbar mit mir verbunden. Der Schmerz existiert weiter, ist aber anders geworden, auch leiser.

Es gibt Momente, wenn ich unterwegs ganz zufällig bei einem Mann eine Geste erlebe, die mich an Fridu erinnert, von hinten eine ähnlich große Gestalt sehe, im Vorbeigehen plötzlich *Rum and Maple* rieche, vor allem aber Musikklänge höre, in denen in mir etwas aus großer Tiefe mit einer gefährlichen Wucht aufsteigt und ich weiß, dass ich Widerstand leisten muss, dem nicht nachgeben darf. Es würde mich mitreißen oder verschlingen. Im Laufe all der Jahre habe ich gelernt, diese Momente unter Kontrolle zu halten. Es gab zahllose Gelegenheiten, mich darin zu üben.

Und immer wieder taucht auch die Frage auf, ob wir, wenn er noch leben würde, überhaupt noch ein Paar gewesen wären. Was wäre geworden, wenn ich sein Geheimnis entdeckt und ihn mit seiner Feigheit konfrontiert hätte? Der plötzliche Tod hat ihm die Konfliktarbeit mit mir erspart. Heute denke ich, dass dieser ungelöste Konflikt eine der Todesursachen war, ihm das Herz zerrissen hat. Eine Verliebtheit, die für ihn in einem absoluten Desaster endete, in Hass und Zerstörungswut, Schamgefühlen, Selbstanklagen und Schuldgefühlen. Das Geheimnis wurde so mit ins Grab genommen, und ich blieb mit den offenen Fragen und dem doppelten Liebesverrat zurück.

All das hat etwas mit mir gemacht, mich verändert. Das bis dahin unerschütterliche Grundvertrauen existiert nicht mehr. Nach diesen Erfahrungen weiß ich, dass in Beziehungen alles möglich ist. Der Erschütterung folgte Ernüchterung, in der festzustellen war, dass mir etwas ganz Banales widerfuhr, was täglich unzähligen anderen Frauen und Männer auch zustößt. Gleichzeitig haben mich die Verluste angstfreier gemacht, in einigen Zusammenhängen auch ungeduldiger und härter.

Fridu, der Geheimnisträger, ist weiterhin fast täglich in meinen Träumen. Das Nachtleben suggeriert, dass er lebendig ist. Neulich putzte er in einem Traum intensiv Spiegel und Fenster blank. Ich fragte mich nach dem Erwachen, wer von uns beiden zukünftig klarer und besser sehen soll.

Wie andere um ihre geliebten Menschen trauern und auf eigene Weise mit ihnen weiterleben, konnte ich in Büchern von Connie Palmen und David Grossmann lesen. Es ist völlig klar, dass es dafür keinerlei Regeln gibt, nicht geben kann. Im Umgang mit dem Tod versagen sonst allgemeingültige Weisheiten. Er ist ganz selbstverständlich und bleibt gleichzeitig so unfassbar. Mir ist das Loslassen nicht möglich. Fridu bleibt trotz allem eine wesentliche Kraftquelle für mich. Ich sehe keinen Sinn darin, darauf verzichten zu sollen.

Vor einigen Nächten lag er in einem Traum in einer unserer früheren Wohnungen. Er schlief ganz fest und ruhig. Sein entspanntes Gesicht war wunderschön. Ich legte ganz sachte meine beiden Hände auf seinen großen Körper, um ihn zu spüren. Am Morgen darauf hörte ich im Radio einen Vater von seiner Sehnsucht nach dem verstorbenen Sohn sprechen. Zehn Jahre war dessen Tod her. Während mir ungewollt Tränen über das Gesicht liefen, hätte ich den Mann dankbar umarmen mögen.

Eine Trennung, ohne Abschied nehmen zu können, ist brutal. Bei uns wurde nach 32 Jahren intensivsten Zusammenlebens mit einem Schlag das Licht ausgeschaltet. Danach gab es nur noch blindes Herumtappen im schwärzesten Dunkel. Alles war noch da und gleichzeitig war nichts mehr da. Lange habe ich nicht sehen können, nicht sehen wollen, ob ich neben all dem Verlorenen Neues aufgenommen, mir Neues angeeignet habe. Womit sind die frei gewordenen Räume gefüllt worden? Oder sind sie leer geblieben? Allmählich fühle ich mich imstande, das genauer anzuschauen.

Samstag/Sonntag, 12./13.1.

Das Wochenende ist mit bürokratischer Arbeit belegt. Verlängerungsanträge für Therapien sind zu schreiben, Post ist zu erledigen und zahlreiche Telefonate stehen an. Als Ausgleich und zur Entspannung beginne ich abends die CD „Erinnerungen an eine Ehe" von Louis Begley zu hören, gelesen von Christian Brückner. Gebannt folge ich der unverwechselbaren Stimme, die immer tiefer in eine faszinierende Welt führt, voll farbiger, widersprüchlicher Charaktere und zwischenmenschlicher Verwicklungen. Es sind insgesamt fünf CDs. Jedes Mal bedauere ich es, aufhören zu müssen und bin total gespannt, wie das dichte, voller Überraschungen steckende Erzählgeflecht weiter entwickelt wird. Bewundere die Sprache.

Wilfried hat mir oft mit seiner dunklen vollen Stimme vorgelesen. Texte, die er für Vorträge vorbereitete, Auszüge aus Manuskripten und Passagen aus Büchern, die er gerade las, gerne Fontane oder Erzählungen von Thomas Mann. Und zu Weihnachten, egal wo wir uns befanden, gab es immer Charles Dickens. Seine Stimme ist mir erhalten geblieben, denn es existieren viele Kassetten, die seine Vorträge festhalten, die er an der Lessing-Hochschule hielt. Aber es gibt auch Aufzeichnungen aus unterschiedlichen Jahren mit Gesprächen zwischen uns. Ich kann unsere Stimmen hören, wie wir über Buchprojekte sprechen, versuchen, Konflikte zu klären, auch über Sexualität und andere Beziehungsfragen diskutieren.

Donnerstag, 17.1.

Bin nach langer Zeit wieder einmal mit Andreas Goosses, einem früheren Mitarbeiter von Fridu, im Literaturhaus in der Fasanenstraße verabredet. Als ich vom Kurfürstendamm um die Ecke biege, sehe ich ihn durch das Tor gehen. Er ist direkt von seiner Arbeit bei Pro Familia gekommen. Wir finden noch einen schönen Platz im Wintergarten des Cafés. Andreas erzählt engagiert von der Entwicklung in seinen therapeutischen Männergruppen, die sehr erfreulich ist. Es tut gut zu hören, dass auch andere Menschen Wilfried immer noch vermissen.

Andreas Vater liegt gerade im Sterben. Da deren Beziehung so eine positive Entwicklung genommen hat, weiß er, dass der Abschied für ihn nicht leicht sein wird. Aber es gibt auch sehr Schönes zu berichten. Eine neue Frau namens Katrin ist in sein Leben getreten, was mich für ihn sehr freut. Andreas fragt, wie es mir geht und womit ich mich beschäftige. Ich erzähle ihm von meinem Buchprojekt und den Marokko-Reiseplänen. Nach intensivem Austausch verabschieden wir uns einige Stunden später.

Auf dem Heimweg denke ich wieder einmal, dass es nicht in erster Linie Sexualität ist, die mir fehlt, sondern viel mehr der ständige lebendige Austausch, der zwischen uns stattfand, die tiefen emotionalen Gespräche, die Diskussionen und Streitgespräche, auch der Humor, sich gemeinsam über etwas amüsieren zu können, bis hin zu endlosen Lachanfällen. Fridus engagiertes Interesse an dem, was in mir vorgeht, was ich denke und erlebe, wie und warum ich etwas bewerte, fehlt so sehr. Die Möglichkeit der Spiegelung durch ihn, seine Anregungen und Forderungen.

Samstag, 19.1.

Am Vormittag laufe ich zum Haus am Waldsee, Nähe U-Bahnhof Krumme Lanke, um die neue Ausstellung „Nonstop Painting" zu sehen. Christine Streuli, die Künstlerin aus der Schweiz, hat dieses Mal ganze Wände und Räume gestaltet. Viel Ornamentales, das mich in seiner grellen Farbigkeit teilweise überwältigt. Große bemalte Flächen wirken wie Tapetenwände auf mich. Sie sind weder eindeutig gegenständlich noch bloß abstrakt bemalt. Details sind sehr interessant, insgesamt ist es mir zu überladen. Das Auge kommt nicht zur Ruhe. Fast immer frage ich mich bei den Ausstellungsbesuchen, wie Fridu auf die Kunstobjekte blicken würde, was er entdeckt hätte und wie wir darüber diskutieren würden.

Am Nachmittag schreibe ich weiter an Berichten zur Verlängerung von Therapien. Abends gehe ich in die Schaubühne. Im Studio wird eine Videoaufzeichnung mit Solomon Michoels, dem Begründer des Jüdischen Staatstheaters, vorgestellt. Die Qualität der Schwarz-Weiß-Bilder ist äußerst mäßig, aber immerhin entsteht ein Eindruck von diesem bedeutenden Schauspieler. Er wird in einigen Shakespeare-Rollen gezeigt. Stalin ließ ihn ermorden. Die offizielle Version lautet, dass Michoels bei einem Autounfall ums Leben kam.

Fahre nachts mit dem Taxi zurück. Der Taxifahrer fragt, was ich im Theater gesehen habe. Wir kommen ins Gespräch. Dabei lerne ich Ricardo kennen. Er ist jüdischer Abstammung, kommt aus Istanbul und seine Vorfahren kamen aus Spanien. Eine bunte, hochinteressante Biografie. Er lädt mich zu einer musikalischen Session ein, weil er nicht nur Taxi fährt, sondern Profi-Musiker ist, der in einer Gruppe musiziert, die sich „Die Kavaliere" nennt. Man kann sie für Feste buchen. Als er mich an der Ecke Matterhornstraße/Kirchblick absetzt, verabschieden wir uns herzlich und mit Handschlag. Bei Taxifahrten habe ich schon oft unglaubliche Lebensgeschichten gehört. Diejenigen, die mich öfter fahren, sind mir inzwischen so vertraut, dass wir uns jeweils erzählen, was in der Zwischenzeit passiert ist.

So wie bei S-Bahnfahrten spüre ich auch mitunter im Taxi noch die langen schmalen Oberschenkel von Fridu neben mir, dabei meine Hand in seiner.

In der Nacht ein Traum: Zwischen Fridu und mir liegt ein großes Kind. Auf einmal sind viele fremde Menschen da, die alle versorgt werden müssen. Die Stimmung zwischen ihm und mir ist heiter. Wir lachen viel. Gutes Erwachen.

Oft denke ich über meinen Tod nach. Bin neugierig. Wie wird es sein? Wo? Wann? So gnädig wie Fridus Sterben wird es wohl kaum werden. Auf dem Schoß eines geliebten Menschen, im Bruchteil von Sekunden zu sterben, ist wirklich gnädig. Ich kann mir die Welt problemlos ohne mich vorstellen. Verstehe Menschen wie zum Beispiel Canetti nicht, die gegen das Sterben wüten. Für die der Tod eine ungeheure Zumutung und Provokation ist. Wieso eigentlich? Mir ist nicht vor dem Leben-Loslassen bange, sondern vor Abhängigkeit,

Ohnmacht und Schmerzen. Vor dem totalen Verlust dessen, was mir Leben bedeutet.

Sonntag, 20.1.
Am Vormittag mit meinen Nachbarskindern Sophie und Julius ins Musikinstrumenten Museum am Kulturforum. Unter dem Motto „Alte Musik live" spielen Lübecker Virtuosen Stücke von Buxtehude, Radeck und Baudinger. Die Eltern, Rosi und Thomas, sind zu einer Filmpremiere eingeladen. Mit den Kindern etwas Schönes zu unternehmen, ist mir ein Geschenk. Sie sind beide auf je eigene Weise sehr wach, lebendig und beziehungsfähig. Es ist ein wirkliches Glück, an ihrer Entwicklung teilnehmen zu dürfen. Als die Familie Frank vor drei Jahren in das Haus neben mir einzog, waren die Kinder noch klein. Julius ging noch gar nicht zur Schule. Ich weiß noch, wie wir ab und zu in meiner Küche saßen und er Buchstaben lernte. Heute frisst er die Bücher förmlich. Dabei erinnert er mich an mich selbst. Sophie ist ein Multitalent an Kreativität und Bewegungsfreude, dabei sind ihre Beobachtungsfähigkeit und Hilfsbereitschaft ebenfalls ungewöhnlich.

Vor dem Konzert mit alter Musik schauen wir uns um und staunen, was es alles an Instrumenten gibt. Beim Konzert selbst sind die Kinder konzentriert dabei. Julius spielt Cello und Sophie Querflöte. Die vier Musiker erklären ihre Instrumente und erzählen auch etwas über die Kompositionen von Buxtehude.

Anschließend gehen wir ins Café Josty im Sony Center, um etwas zu essen. Die Eltern teilen uns auf dem Handy mit, dass sie uns in einer Stunde abholen und wir gemeinsam nach Hause fahren. Obwohl ich gerne mit Kindern auf Entdeckungsreisen gehe, spürte ich nie den Wunsch, eigene haben zu wollen. Es gab so viele Elternlose, um die man sich kümmern könnte. Wilfried hatte bereits aus seiner Ehe eine Tochter, und unsere Beziehung entwickelte sich so, dass der gemeinsame Raum auch ohne Kinder mit sehr viel Leben gefüllt war.

Am Abend beginne ich meine Literatur zur baldigen Marokko-Reise zu sichten. Entscheide mich zunächst, noch einmal „Die Stimmen von Marrakesch" von Elias Canetti zu lesen. Später komme ich zu „Sein letzter Kampf" von Khair-Eddine, „Wüstenkind" von Souad Bahechar und „Matisse in Marokko", ein Büchlein mit Reiseimpressionen von Pierre Loti. Verschiedene Reiseführer haben mir schon mächtig Appetit auf all das Fremde gemacht und die Vorfreude wächst.

Dabei wird mir wieder einmal bewusst, wie viel Furcht Fridu vor Reisen hatte und wie sehr mich die Rücksichtnahme darauf in meiner Reiselust gebremst hat. Die Ängste, die ihm seine Mutter einimpfte, wurde er nur teilweise wieder los. Als ich schließlich nach vielen Jahren des Wartens auf Veränderung den Entschluss fasste, ohne ihn zu reisen, geschah das Wunder, dass er sich mir anschloss. Auf einer Schottland-Reise bedankte er sich öfter ausdrücklich dafür, dass ich ihm all diese Eindrücke ermöglichte. Später liebte er es, in London zu sein. Wenn wir am Russel Square wohnten, joggte er frühmorgens im Hyde Park und kannte sich bald ziemlich gut in der Stadt aus.

Nüchtern stelle ich fest, dass sein Tod es mir erleichtert, frei zu entscheiden, ob, wohin und wie ich reise. Der Spagat zwischen der Rücksichtnahme auf seine Ängste und meine Wünsche entfällt. Zweifelsfrei würde er niemals mit mir nach Marokko reisen.

In der Nacht träume ich, dass wir beide von St. Hubert, meinem Geburtsort, nach Kempen laufen. Wir sind mitten in den Feldern unterwegs. Auf einmal hat Wilfried ein Rad und fährt langsam ohne mich weiter. Ein Auto ist hinter ihm her und bedrängt ihn so, dass er sehr schnell fährt. Er ruft mir zu: „Wir treffen uns auf dem Markt." Ich laufe weiter, komme in der Stadt an, die auf einmal nicht mehr das vertraute Kempen ist. Ich irre herum und denke, wie soll ich ihn finden, wir haben nicht einmal ein Hotel. Plötzlich sehe ich ihn auf einer Bank sitzen und mir zuwinken. Er trägt einen auffallend schönen langen zweifarbigen Mantel, dazu passende Cordhosen in Curryfarbe. Als ich mein Erstaunen über diese Farbe ausdrücke, die weder er noch ich je getragen haben, sagt er: „Aber Scharmchen, die hast du mir doch selbst geschenkt." Ich kann mich nicht erinnern, werde mit einem angenehmen Gefühl der Erleichterung wach.

Montag, 21.1.
Eine sehr junge Klientin leidet Schmerzen wie ein Tier wegen einer verlorenen Liebe. Der Liebste hat sie von Süddeutschland nach Berlin umziehen lassen, um ihr erst hier mitzuteilen, dass er die Beziehung nicht mehr will. Sie ist wie zerschlagen. Versteht nicht, was passiert ist. Fühlt keinen Hass oder Wut. Sie ist in Tränen und Kummer aufgelöst. Einfach untröstlich. Wie gut ich sie verstehen kann.

Donnerstag, 24.1.
Gestern Abend habe ich nach der Shiatsu-Behandlung bei Lea Levy, meiner Physiotherapeutin und Freundin, im Titania-Palast den Film von Steven Spielberg „Lincoln" mit Daniel Day-Lewis gesehen. Mich interessierte vor allem das Schauspiel von Day-Lewis.

In der Nacht träumte ich lebhaft von einer Reise. Aus meinem Hotelzimmer heraus – es war das Charing Cross Hotel, ich befand mich offenbar in London – sah ich Fridu in der Mitte der Straße vor St. Martin in the Fields sitzen. Es war die Stelle, wo ein schwarzer Trompeter bei meinem ersten Besuch in London (damals war ich mit Roswitha Neumann dort, um eine Ausstellung von Georgia O Keeffe zu sehen) jeden Nachmittag um die gleiche Zeit spielte. Wilfried war dabei, die Kirche zu zeichnen. Ein Gefühl heißer Freude kam auf und der Gedanke, dass er nun endlich den Zeichenblock benutzt, den ich ihm zum letzten Geburtstag vor seinem Tod im Juni 2000 geschenkt habe. Ich sah zu, wie er versunken da saß, konzentriert schaute und zeichnete. Irgendwann stand er auf und ging fort. Sein Zeichenblock wurde zu einem Buch. Ich warf einen Blick auf das aufgeschlagene Blatt und sah, dass er gar nicht die Kirche gezeichnet, sondern begonnen hatte, den kleinen Pfennigbaum in unserem Garten mit einem Kohlestift aufs Papier zu bringen. Vor dem saßen wir oft, um zu beobachten, wie die Vögel aus einer kleinen Schale Nüsse naschten. Dabei sah ich zum ersten Mal Eichelhäher aus der Nähe. Die von ihm begründete Tradition des Vögelfütterns habe ich natürlich beibehalten und wundere mich nur, welche Mengen die jeden Tag wegputzen. Wobei nicht nur die Vögel, sondern auch die Eichhörnchen einen Teil der Beute für sich beanspruchen.

Sonntag, 27.1.
Am Vormittag gehe ich erst einmal zum Kieser Training. Es verschafft mir zu meinem vielen Sitzen den notwendigen Ausgleich. Fridu war der Sportliche, der fast täglich joggte und stundenlange Wanderungen liebte. Während ich ihn auf seinen Lauftouren oft per Rad begleitete, konnte es bei Wanderungen passieren, dass ich irgendwann erschöpft herummaulte und zum Weiterlaufen keine Lust mehr hatte. Er würde über meine Disziplin, mit der ich regelmäßig das Training absolviere, zusätzlich viel Rad fahre und laufe, ziemlich erstaunt sein.

Anschließend arbeite ich einige Stunden weiter an den Verlängerungsanträgen für Therapien. Am späten Nachmittag bin ich mit Roswitha und Eberhard verabredet. Wir wollen im Deutschen Theater Tschechows „Der Kirschgarten" in der Übersetzung von Thomas Brasch sehen. Nina Hoss spielt die Ranjewskaja, die Gutsbesitzerin, jene Rolle, die Tschechow für seine Ehefrau Olga Knipper schrieb. Ich finde dieses Mal die ganze Komödie gar nicht so furchtbar komisch. Trotzdem sind wir guter Stimmung, als wir nach fast drei Stunden das Theater verlassen. Auf dem Weg zum S-Bahnhof Friedrichstraße kehren wir in ein neues Restaurant ein und bekommen dort ausgezeichneten Fisch serviert.

In der Nacht ein sehr seltsamen Traum. Ich befinde mich auf einer Gesellschaft mit vielen Menschen. Es geht mir gut. Jemand übergibt mir einen Telefonhörer. Am anderen Ende ist die Stimme von Wilfried zu hören, der eindringlich den Satz wiederholt: „Bitte keine Zärtlichkeiten." Ich fühle einen schmerzhaften Stich der Zurückweisung, habe aber keine Zeit zu fragen, wie er das meint. Wache erschrocken auf.

Donnerstag, 31.1.
Der Kühlschrank hat den Geist aufgegeben. Ich deponiere den Inhalt erst einmal in einer Kiste vor der Küche auf dem kleinen Balkon. Die frostige Kälte draußen wird mir den Kühlschrank ersetzen. Noch nie habe ich ein großes Elektrogerät erworben. Überhaupt hat früher alle diese Dinge für den Haushalt Wilfried angeschafft. Rosi, der

ich gleich davon erzähle, weiß sofort Rat, wie meist in Notfällen. Sie fährt mit mir nach Zehlendorf zu einem Elektrohandel, wo auch sie ihre Geräte gekauft hat. Rasch und völlig problemlos ist der neue, umweltfreundliche Kühlschrank bestellt und anbezahlt. Große Erleichterung bei mir.

Der Umgang mit technischem Gerät macht mich nervös, weil ich keine Ahnung habe. In diesen Zusammenhängen war Wilfried immer derjenige, der beruhigend auf mich einwirken konnte, mir Ängste nahm und meist konstruktiv handelte. Nie werde ich vergessen, wie wir auf einer Reise vom Harz zurück nach Berlin – zu jener Zeit existierte die DDR noch – mitten zwischen Feldern den Motor meines VWs als letztes Lebenszeichen grollende Töne spucken hörten und er dann den Geist aufgab. Es war Sonntag und weit und breit keine Menschenseele. Wilfried blieb die Ruhe und Freundlichkeit in Person, machte keinerlei Vorwürfe, während ich einem Ohnmachtsanfall nahe war. Wie würden wir mit dem ganzen Gepäck nach Berlin kommen? Was würde mit dem Auto? Es gab damals noch kein Handy. Irgendwann kam ein Auto und nahm uns samt Gepäck in den nächsten Ort mit. Eine Werkstatt erklärte sich bereit, den geliebten blauen Käfer zu entsorgen. Ein Taxi fuhr uns an die nächste Bahnstation, und wir kamen ohne weitere Aufregungen nach Hause.

Freitag, 1.2.

Um 7 Uhr zum Theodor-Heuss-Platz. Zahnarzt-Termin. Hier in Charlottenburg haben wir viele Jahre gelebt. Zunächst in der Eichenallee, dann in der Königin-Elisabeth-Straße am Kaiserdamm, zuletzt in der Reichsstraße Nr. 2. Als wir die fast 300 Quadratmeter große Wohnung 1986 besichtigten, war Wilfried sofort entschlossen, sie zu mieten und rief begeistert: „Hier kann ich endlich durch alle Räume gehen, ohne mich bücken zu müssen", während ich mich besorgt fragte, wer diese Wohnung wohl sauber halten würde. Bis dahin hatten wir das stets gemeinsam gemacht. Schließlich kam die Hilfe von Isolina K., einer enorm liebenswerten, tüchtigen Kolumbianerin, die für sich und ihre Tochter den Lebensunterhalt verdienen musste, weil der Partner sie im Stich gelassen hatte und seiner Verantwortung nicht nachkam.

Dann, kurz nach unserem Einzug im Mai, ereignete sich die Reaktorkatastrophe von Tschernobyl, deren unsichtbare Folgen unbekannte Ängste auslösten. Die Vielzahl der neuen Räume ermöglichte uns neben der jeweils eigenen Therapiepraxis auch ausreichend private Bereiche. Wir arbeiteten neben den Einzelgesprächen mit therapeutischen Gruppen, Frauen- und Männergruppen, hielten an der Lessing-Hochschule Vorträge, schrieben Bücher und machten Lesereisen. Die Lebenszeit an diesem Ort war voll schöner Intensität, neuer expansiver Schritte, aber mitunter auch konflikt- und spannungsreich.

Nach Fridus Tod musste ich in kurzer Zeit die Wohnung räumen, eine neue Praxis suchen und mit meinen privaten Sachen nach Schlachtensee ziehen. Ohne die tatkräftige Hilfe vieler Männer aus seinen Männergruppen und die selbstverständliche Fürsorge von Freunden wäre ich verloren gewesen. Heute ist mir unfassbar, wie all diese Aufgaben bewältigt werden konnten, während ich mich doch innerlich in einem Zustand von Schockstarre befand.

Wenn ich, wie heute, wegen der Zahnbehandlung in der Reichsstraße bin, steht mir lebhaft vor Augen, wie oft und oft wir hier gemeinsam liefen und nach dem täglichen Mittagessen im Block House die wenigen Schritte Hand in Hand nach Hause gingen. Es fällt mir nie schwer, ihn hier neben mir zu fühlen.

Unser über viele Jahre vertrauter Zahnarzt Dieter Buhtz hat nun seine Praxis einem jüngeren Kollegen, Mathias Griethe, übergeben. Wir müssen uns erst noch kennenlernen. Nachdem die professionelle Zahnreinigung abgeschlossen ist, fahre ich ins Bröhan-Museum, erlaube mir, ein bisschen durch die Stadt zu streifen.

Franks sind in Skiurlaub gefahren, und ich bin für die Betreuung vom Ferdi Kater zuständig. Wenn ich am Gartentor mit den Schlüsseln klappere, kommt er freudig angerannt und begleitet mich zur Haustüre. Auch bei Minustemperaturen verbringt er die Nacht gerne draußen. Wenn Klienten im Therapiegespräch plötzlich lachen, weiß ich, dass das schwarze Fellknäuel vor dem großen Fenster auf dem Tisch im Garten sitzt und darum bettelt hereinzudürfen.

Samstag, 3.2.
Ein Lesetag! Ich wandere bloß von einem Sofa zum anderen. Das, was mich so ungemein fesselt, ist das Buch von Orlando Figes „Schick einen Gruß zuweilen durch die Sterne". Die Geschichte von Liebe und Überleben in Zeiten des Krieges und Terrors kann ich nur für kurze Unterbrechungen aus der Hand legen. Die Liebesbeziehung von Lew und Swetlana Mischtschenko, anfangs Studenten der Moskauer Universität, dokumentiert in Tausenden von Briefen, die sie in jahrelangen Trennungen einander schrieben, während Lew in Petschora, einem Gulag hoch im Norden Russlands. inhaftiert war, ist unvergleichlich. Die Briefe erzählen auch von der Schreckenszeit unter Stalin, in der jeder als Spion oder Faschist diffamiert werden und über Nacht abgeholt werden konnte.

Das Gedicht „Im Traum" von Anna Achmatowa eröffnet das Buch:

Zu gleichen Teilen trage ich mit dir
die schwarze Trennung dauerhaft.
Weshalb die Tränen? Gib mir die Hand,
versprich mir, dass du wiederkehrst im Traum.

Du und ich sind wie ein Gebirg aus Gram
und können uns auf dieser Welt nicht wiedersehen.
Doch bitte schick um Mitternacht mir
einen Grüße zuweilen durch die Sterne.

Spät in der Nacht bin ich mit der Lektüre immer noch nicht fertig. Ich will nicht aufhören, aber meine Augen sind erschöpft. So gezwungen lege ich das Buch zur Seite. Die Begegnung mit diesen beiden Menschen, die Teilnahme an ihrer außergewöhnlichen Liebesfähigkeit hat mich tief aufgewühlt. Mit offenen Augen liege ich noch lange einfach so da. Ich fühle mich beschenkt und spüre gleichzeitig ziehende Schmerzen.

Sonntag, 3.2.

Am Vormittag Schreibkram erledigt. Später die Lektüre von gestern zu Ende geführt. Muss das Buch unbedingt an Freunde weitergeben. Nachmittags ist Peter Konwitschny, der viel gerühmte, aber auch umstrittene Opernregisseur, in der Akademie der Künste am Hanseatenweg und zeigt dem Publikum, wie er eine Szene aus der Wagner-Oper „Der Fliegende Holländer" erarbeitet. Vor elf Jahren erlebte ich ihn an diesem Ort zum ersten Mal. Damals zeigte er Videos von verschiedenen Inszenierungen. Er sprach über die Probleme im Verhältnis der Geschlechter zueinander und zitierte fast wörtlich Passagen aus Wilfrieds Buch „Männer lassen lieben". Ich war wie benommen und schrieb ihm gleich am nächsten Tag. Das Buch legte ich bei. Nach wenigen Tagen erhielt ich einen überaus freundlichen Brief und die Einladung, in Hamburg an Proben zu „Lulu" teilzunehmen, die von der wunderbaren Marlis Petersen gesungen wurde. Ingo Metzmacher war der Dirigent. So lernten wir uns persönlich kennen.

Es ging mir damals sehr, sehr schlecht. Ich fühlte mich oft wie eine Kriegsversehrte, ergriff aber diese Chance, eine unbekannte Welt näher kennenzulernen. Von da an nahm ich an vielen Probenarbeiten teil. Erlebte zum Beispiel die „Elektra" in Kopenhagen, „Eugen Onegin" in Bratislava, den „Fliegenden Holländer" in Moskau, „Don Carlos" in Wien, „Don Giovanni" und „Cosi van tutte" in Berlin und lernte durch teilnehmende Beobachtung viel über die Entstehung eines solchen komplexen Gesamtkunstwerkes von der Planung, über die Requisitenprobe bis hin zur Premiere.

Im Laufe der Jahre führten wir immer wieder viele freundschaftliche Gespräche. Durch all das verdanke ich Peter Konwitschny eine besondere Art der Lebenshilfe.

Obwohl er inzwischen auch etliche Jahre älter ist, springt er immer noch selbst auf die Bühne, um ganz engagiert und körpernah mit den Sängern zu arbeiten.

In der Pause sehe ich, wie sehr er heute umlagert ist und verzichte auf eine persönliche Begrüßung. Dafür treffe ich im Foyer Bettina Bartz, die Dramaturgin, mit der er die meisten Produktionen zusammen erarbeitet hat. Wir sind inzwischen auch befreundet und sehen uns leider zu selten. Sie erzählt von neuen Projekten in Tokio, Graz, Amsterdam, Wien.

Es ist ein gehaltvoller Nachmittag, und ich gehe sehr zufrieden nach Hause. Bin mir dabei bewusst, dass ich Konwitschny und überhaupt die Opernarbeit nicht kennengelernt hätte, wenn Fridu noch leben würde. Sein Musikinteresse schloss Oper nicht ein. Als wir allerdings vor sehr vielen Jahren Zeffirellis Verfilmung von „La Traviata" sahen, war Fridu zu Tränen gerührt, wie ihn Musikerlebnisse überhaupt sehr tief anrühren und bewegen konnten.

Montag, 4.2.

Am Vormittag muss ich in die Charité zur Nachuntersuchung des operierten Knies. Alles ist in Ordnung. Der junge Arzt lacht, als ich auf seine Frage, welcher Orthopäde die Nachversorgung gemacht und mir die Fäden gezogen hat, erwidere, mein Nachbar Dr. Thomas Frank, ein Kardiologe, unter Assistenz seiner elfjährigen Tochter Sophie. Wirklich entscheidend für meine Fortschritte ist die regelmäßige Krankengymnastik mit Lea, die mit ihrem Wissen und vor allem der Heilkunst selbst Halbtote wieder auf die Beine stellen kann. Und natürlich mein eigener Einsatz, unermüdlich zu üben.

Um die ausgefallenen Stunden vom Vormittag teilweise nachzuholen, arbeite ich bis 21 Uhr.

Donnerstag, 7.2.

Zwei Nächte hintereinander frustrierende Träume von Fridu. Den ersten habe ich vergessen. Im zweiten werfe ich ihm vor, ständig mit Arbeitsprojekten beschäftigt zu sein und keine Zeit für mich zu haben. Höre mich im Traum deutlich sagen: „Wenn du weiter so unlebendig bist und dich nicht mehr an mir freust, habe ich auch keine Lust mehr und denke an Trennung." Ob diese klare Traumbotschaft tatsächlich Abstand bewirkt, werde ich sehen.

Der neue Kühlschrank wird geliefert und gleich installiert. Ich räume die Sachen vom Balkon wieder ein. Ich hasse das Gefühl der Abhängigkeit von all diesen Geräten, deren Funktionsweise ich nicht verstehe, zumal der Maschinenpark unaufhörlich wächst.

Am Nachmittag um 17 Uhr ist wie jede Woche der Termin für die Krankengymnastik. Anschließend werde ich entweder ins Kino gehen oder ein bisschen in Steglitz herumbummeln.

Samstag, 9.2.

In der Nacht wache ich plötzlich auf. Ferdi Kater ist neben meinen Kopf aufs Bett gesprungen und beginnt mit Fellpflege. Als Kind habe ich mir immer eine Katze gewünscht, durfte aber nie eine haben. Meine Mutter vertrat die Ansicht, dass Tiere nicht in eine Etagenwohnung gehören, womit sie nicht ganz falsch lag. Aber Wilfried kam eines Tages mit einem schmucklosen Schuhkarton nach Hause und überreichte ihn mir als Geschenk. Darin war ein pechschwarzer Kater, den Studenten einer WG in seine Vorlesung mitgebracht hatten, weil sie ihn weggeben mussten. Meine Freude war riesengroß. Fortan waren der Kater und ich dicke Freunde, bis er nach Jahren eines Tages von seinen nächtlichen Streifzügen nicht mehr nach Hause kam. Wir suchten ihn wochenlang, aber er blieb verschwunden. Wir rätselten, ob er vielleicht von einem Auto überfahren oder vergiftet wurde. Die Trauer über den Verlust dauerte lange Zeit. Als wir im Sommer 1992 das Haus am Schlachtensee bezogen, kamen nach und nach vier unterschiedliche Katzen zu täglichen Besuchen. Diese hörten allmählich auf, als Ferdi Kater mit sechs Wochen seinen Einzug bei uns hielt.

Während ich ihn kraule, schnurrt er gemütlich und stößt seinen Kopf an meinen. Dabei fällt mir ein, dass Franks heute aus dem Skiurlaub zurückkommen. Ein schönes Gefühl.

Am Abend bin ich zum 65. Geburtstag von Dr. Wolfgang Krüger eingeladen. Wir haben uns eine Weile nicht gesehen und sind jetzt wegen eines Klienten wieder in Kontakt gekommen. In jungen Jahren waren wir lange Zeit zur psychotherapeutischen Ausbildung in einer Gruppe. Er ist inzwischen erfolgreicher Autor vieler Bücher mit psychologischem Inhalt. An diesem Abend treffen in seiner geräumigen Wohnung in Tiergarten Menschen aus völlig unterschiedlichen Lebensbereichen und verschiedenen Alters aufeinander. Es gibt ein Riesenbüffet mit indischem Essen, viel Vegetarisches, dazu jede Menge Obst und Süßigkeiten wie bei einem Kindergeburtstag. Die Stimmung ist ausgelassen fröhlich.

Als alle Gäste da sind, wünscht Wolfgang sich gemeinsames Singen. Er hat Blätter mit Texten von Liedern und Gospels vorbereitet. Anfangs noch ein bisschen zaghaft, wird allmählich aus dem Versuch ein kräftiger Gesang. Ich lerne an diesem Abend auch seine Partnerin, eine Malerin, und ihre Tochter kennen. Unter den Anwesenden sind einige Personen, die ich noch von der Ausbildungszeit her kenne. Sie alle erkundigen sich, wie es mir inzwischen ohne Fridu geht, ob ich noch arbeite und weiterhin schreibe. Inzwischen beantworte ich die Frage nach meinem Befinden immer mit „sehr gut", weil das unter einigen Aspekten auch stimmt. Alles andere zu erklären wäre zu kompliziert. Nach anregenden Gesprächen trete ich spät in der Nacht in guter Stimmung den Heimweg an.

Sonntag, 10.2.

Stehe später auf als sonst. Am Vormittag rufe ich Wolfgang an und bedanke mich bei ihm für den schönen Abend. Er selbst ist auch hoch zufrieden.

Nachmittags weiter im Marokko-Reiseführer gelesen.

Am Abend im Thalia Kino in Potsdam den neuen Film von Oskar Roehler „Quellen des Lebens" gesehen. Ein in der Nachkriegszeit beginnendes bundesrepublikanisches Familienepos mit stark autobiographischen Bezügen. Die Darstellung des Spießertums und der später folgenden Ausbruchversuche lösen eigene Erinnerungen aus, enthalten Berührendes und Peinliches.

In der Nacht träume ich wieder von einer Busreise. Als der Bus losfährt, merke ich erst, dass Fridu gar nicht drinnen sitzt. Ich schleppe mein Gepäck nach vorne und bitte den Busfahrer zu halten. Er ignoriert meine Bitte. Erst als ich laut und böse werde, hält er irgendwo an und lässt mich aussteigen. Es ist ein menschenleeres, verlassenes Gelände, und ich habe keinerlei Orientierung, wo ich bin. Meine lauten Rufe „Wo bist du?" bleiben ungehört. Völlig ratlos und verzweifelt setze ich mich auf mein Gepäck und werde zum Glück wach.

Die Träume, in denen ich Wilfried verliere und vergeblich nach ihm suche, kosten enorm viel Kraft und bleiben mir meist lange im Gemüt hängen. Als er noch lebte, haben wir uns morgens unsere Träume erzählt und über ihre Bedeutung nachgedacht. Fridu träumte oft, dass er auf dem falschen Bahnsteig stand, während ich ohne ihn abfuhr. In den ersten Jahren wurde ich mitunter tränenüberströmt wach, weil er sich im Traum anderen Frauen zugewandt und mich einfach vergessen hatte.

Montag, 11.2.
Die letzte Arbeitswoche vor der Abreise nach Marokko beginnt. Am Abend fahre ich zum Kieser Training. Die Kälte, Dunkelheit und der Schnee gehen mir inzwischen auf die Nerven. Bei jedem Gang nach draußen muss ich mich in Schichten von Kleidung einpacken, als ob es um den Kampf mit einem Feind gehen würde. Dabei mag ich Kälte eigentlich. Offenbar verändert sich mit zunehmendem Alter auch diese Empfindlichkeit. Stelle mir vor, dass ich bald in einem Klima herumspaziere mit milden, völlig anderen Temperaturen.

Freitag, 15.2.
Eine Routineuntersuchung am Vormittag beim Zahnarzt verläuft glimpflich, so dass ich anschließend zum Martin-Gropius-Bau fahren kann, um zu schauen, welche Ausstellungen es dort gerade gibt. Nachdem ich mir einen Überblick verschafft habe, entscheide mich dafür, die Fotoausstellung der mir bis dahin unbekannten Margaret Bourke-White anzusehen. Die 1904 in der Bronx geborene Tochter eines jüdischen Ingenieurs, der aus Polen eingewandert war, wurde im Laufe ihrer Schaffenszeit in der Männerdomäne der Fotografen ein Medienstar. Das Spektrum ihrer Arbeit umfasst sowohl Industrieaufnahmen, Konstruktionen aus Stahl, als auch Bilder von Menschen

aus zahlreichen Ländern, in denen sie als Berichterstatterin aus Krisengebieten und als Kriegsreporterin tätig war.

Beim Betrachten der Fotos spüre ich, wie sehr mir in solchen Momenten fehlt, dass ich mit Fridu durch Ausstellungen streifen kann und wir uns unsere Eindrücke mitteilen. Oft fast identische Wahrnehmungen, aber mitunter auch völlig konträre, was immer zu spannenden Diskussionen führte. Als wir uns 1970 kennenlernten, war er bereits längst intensiv mit Kunst beschäftigt, vor allem mit Malerei und Plastiken. Nie werde ich vergessen, wie er am Kurfürstendamm in der damaligen Galerie Pels-Leusden ein Bild von Salvator Dali kaufte. Wie ungeheuer aufregend das war, ein echter Dali! Der Auftakt für das weitere Sammeln von Kunst. Später kamen Bilder von Hannah Höch, Bronzen von Monika und Klaus Müller-Klug und viele Bilder von Sarah Haffner dazu.

Mit Sarah, deren farbstarke, großformatige Bilder, Gesichtslandschaften oder Stadtansichten auch heute noch das Haus schmücken, entstand im Laufe der Zeit eine Freundschaft.

Wilfried war selbst künstlerisch begabt. Als wir noch in Lichterfelde im Devrientweg wohnten, ging er mitunter nachts in den Keller, um zu malen. Ich leistete ihm Gesellschaft und sah zu, wie aus einer Idee ein Bild wurde. Jetzt lebe ich inmitten der farbmächtigen Bilder von Sarah, mit einigen ausgewählten Bildern von Fridu und neuen, von mir erworbenen Bildern von jungen Künstlern. Moritz Hasse ist darunter und eine schöne Keramik von Grita Götze.

Samstag, 16.2.

Beginne allmählich, die Sachen zu sammeln, die ich auf die Reise mitnehmen will. So wenig wie möglich. Noch viele Telefonate. Abends lesen. Es ist so eisig kalt und dunkel, dass es schwer vorstellbar ist, in zwei Tagen bei frühlingshaftem Wetter durch Marrakesch zu spazieren.

Sonntag, 17.2.

Nachmittags bei Franks zum Kaffee. Rosi und Thomas leihen mir ein funktionstüchtiges Handy, damit ich mitteilen kann, ob während der Reise alles okay ist. Während ich am Abend noch einmal gründlich das Gepäck durchsehe, die unverzichtbare Wärmeflasche und ein kleines hartes Kopfkissen in den Koffer wandern, andere Sachen aussortiert werden, kommen Assoziationen: jene Szene, wie Fridu vor jeder Reise eine lange Liste abarbeitete und dabei zunehmend in Aufregung geriet. Je weiter und fremder das Reiseziel war, umso größer war die Aufregung. Meine Empfehlung, vielleicht zwei Tage vor einem Aufbruch mit dem Packen zu beginnen, wurde aus unerfindlichen Gründen nie umgesetzt. Eigentlich war Reisen für Wilfried verboten. Als ich zu Beginn unserer Beziehung einmal nichts ahnend den Vorschlag machte, nach Italien zu reisen, bekam seine Mutter einen beeindruckenden hysterischen Anfall. Das von ihr ausgemalte Schreckensszenario verfehlte seine Wirkung nicht. Ihre Ängste hatten ihn ohnehin längst infiziert und machten uns viele Jahre Ausflüge in fremde Länder unmöglich. Nachdem ich lange ziemlich geduldig auf das Wunder einer Befreiung wartete, sich aber nichts tat, beschloss ich, schließlich ohne ihn alleine an Orte zu fahren, die ich kennenlernen wollte. Das brachte die Wende. Plötzlich entschied er sich, trotz aller Ängste mitzukommen und beteuerte im Laufe der Jahre immer wieder, wie froh er darüber war. Dennoch bin ich sicher, dass er mich auf eine Reise nach Marokko niemals begleitet hätte.

Montag, 18.2.
Zeit, mich in aller Ruhe fertig zu machen. Mittags fährt mich ein Taxi nach Tegel. Der Flug geht zunächst nach München und von dort mit der Royal Air Maroc nach Marrakesch. In München erreiche ich mit Mühe und Not die Maschine, weil die Entfernungen innerhalb des Flughafens riesig sind. Ich muss fast rennen und bin froh, dass ich wieder laufen kann. An dem Übergang zum neuen Gate muss ein Knopf gedrückt werden, um nach einer Kontrolle durch Grenzbeamten durch eine verschlossene Türe gehen zu können. Trotz Knopfdrücken erscheint niemand, und ich werde allmählich nervös. Erst nach mehr als zehn Minuten taucht weit hinten am Ende des Ganges eine uniformierte Person auf, die gemütlich daherspaziert kommt, den

Pass kontrolliert und aufschließt. Ich verkneife mir einen bissigen Kommentar und bin froh, die Treppe hinunter zum Schalter laufen zu können, an dem das Boarding schon stattfindet.

Während des ruhigen Fluges entspanne und lese ich. Der Flughafen, auf dem wir ankommen, scheint ziemlich klein zu sein. Die Formalitäten sind rasch erledigt. In der Ankunftshalle ist lebhaftes Treiben. Ein Schilderwald, beschriftet mit Französisch, Arabisch, Englisch und Deutsch, empfängt die Ankommenden. Ich habe gar nicht viel Zeit, mich umzusehen, weil mich ein Fahrer vom Hotel Jardin de la Koutoubia abholt. In raschem Tempo fahren wir auf einer großen Straße an Palmenhainen vorbei, in denen Kamele dösen. Ich sehe Blumenrabatte. Zwischen lehmfarbenen Häusern erreichen wir die Stadtmauer. Kurz zuvor erhasche ich noch einen Blick auf den prachtvollen Eingang des sagenumwobenen La Mamounia-Hotels. Kurz vor dem Platz Jemaa El Fna biegt der Fahrer rechts in ein Gewirr von Gässchen ab. Ein winziges Geschäft neben dem anderen. Verkauft werden landestypische Kleidungsstücke, Plastikteile, Elektroartikel, Korb- und Eisenwaren. Lebhafte und lautstarke Verhandlungen finden statt. Mopeds flitzen geschickt zwischen Eselskarren mit Lasten. Mitten in dem Getümmel verkaufen Händler Gebäck, Tee oder frischen Orangensaft. Die nicht gerade frische Luft ist erfüllt von Stimmengewirr, Lachen, Rufen, Verkehrslärm, Knattern, Gesang und Musik aus Konserven. Gerade als ich mich frage, wo denn hier ein Hotel sein soll, hält der Fahrer, schnappt sich mein Gepäck und verschwindet hinter einer Glastüre, die mit einem schweren Vorhang verdeckt ist und den Eingang unauffällig macht.

Als ich ebenfalls durch die Türe trete, ist vom Lärm der Straße nichts mehr zu hören. Die elegante Lobby ist mit ausladenden, weichen Sofas und Sesseln in warmen Farben bestückt. Dem neugierigen Blick öffnet sich ein großzügiger Innenhof. Zwischen üppigen Grünpflanzen ist ein großer Pool in den Boden eingelassen. Um ihn herum stehen bequeme Liegen mit weißen Auflagen, daneben Tische für Speisen und Getränke. Das Ganze ist diskret beleuchtet und vermittelt den Eindruck einer Oase.

Nach dem Einchecken begleitet mich ein Mann in Hoteluniform mit meinem Gepäck zu meinem Zimmer im zweiten Stock. Es entpuppt sich zu meiner Verblüffung als geräumige Suite mit Schlafraum, Ankleidekammer, Bad und einem weitläufigen Wohnraum, dessen Couches und Sessel für die Unterbringungen einer Großfamilie reichen würden. Hinzu kommt eine riesige Terrasse, gelegen zum Innenhof, die mit schönen Korbmöbeln ebenfalls zum Sitzen einlädt. Vom Doppelbett aus, das romantisch mit Rosenblättern dekoriert ist, kann ich auf die Koutoubia-Moschee blicken.

Nachdem der Hotelangestellte gegangen ist, muss ich mich einen Moment hinsetzen. Mir ist auf einmal schwach und beklommen zumute. Ich spüre, wie die Trauer aufsteigt. Eine der immer wiederkehrenden Situationen, in denen das Ohne-ihn-sein schmerzhaft präsent bleibt und es enorm schwerfällt, nicht aus der soeben noch guten Stimmung zu kippen.

Wie gerne würde ich all das mit Fridu genießen. Für mich ganz allein kann ich mich an diesem verschwenderischen Luxus nicht wirklich erfreuen, benötige Kraft, um bewusst ein Gegengewicht zu der nun alles andere als heiteren Stimmung zu schaffen. Ein Blick von der Terrasse fällt auf eine einsame Palme, die flache, verwitterte, mit Satellitenschüsseln übersäte Hausdächer überragt. Die Wände fast aller Häuser scheinen geflickt. Fremdes Gezwitscher erfüllt die Luft. Als ich die Terrasse verlasse, kommen einige winzige Vögel bis auf das Geländer geflogen.

Hier bleibe ich nur für wenige Nächte. Danach werde ich mich einer Gruppe anschließen und in einer Kasbah außerhalb von Marrakesch wohnen.

Nachdem ich mich von dem Stimmungseinbruch und dem Anflug von Trauer erholt habe, mache ich mich kurz frisch, um gleich loszulaufen. Links vom Hoteleingang folge ich den Windungen der kleinen Gasse, schaue hier und da in vor Waren überquellende Läden und gelange nach kurzer Zeit auf einen großen Platz. Es ist der viel beschriebene Djemaa el Fna, der Platz der toten Seelen, mit einem atemberaubenden bunten Treiben. Trommelklänge untermalen die

Geschäfte der Saftverkäufer, die köstlich frischen Orangensaft anbieten. Schlangenbeschwörer sitzen am Boden, öffnen zu den eintönigen Klängen einer Flöte ihre Körbe, aus denen nach einer Weile tatsächlich Schlangenköpfe erscheinen und mit ihnen die fast tanzenden Leiber. Anderes Kleingetier liegt daneben. Ein Märchenerzähler hat eine Gruppe von Menschen um sich geschart. Das Publikum lauscht gebannt seinen Worten. Händler mit Taschen drängen durch die Menge von Touristen und Einheimischen und preisen ihre Ware an.

Vor dem Café la Paix nehme ich Platz, um von hier aus bei einem wunderbar frischen Minztee das Schauspiel zu verfolgen. Kaum sitze ich, taucht eine Gruppe junger Männer in farbigen Pluderhosen vor mir auf, zeigen ihre beachtlichen akrobatischen Kunststücke. Ein kleiner Junge sammelt für die Truppe charmant lächelnd das Geld ein. Plötzlich ist die Freude wieder da, und ich genieße es ungemein, einfach dort zu sitzen und die vorübereilenden Menschen anzuschauen. Nicht nur das fremdartige Aussehen Einzelner ist faszinierend, auch die oft völlig unbekümmerte phantasievolle Kleidung, die Art und Weise der Bewegungen. Zwischen den Einheimischen, die ihren Geschäften nachgehen, bummeln staunende Touristen aus aller Welt. Ich bleibe sitzen, bis es samtig dunkel wird und ich dabei einer Verwandlung zusehen kann. Aus dem Platz wird ein riesiges Freiluftrestaurant. Aus zahllosen Garküchen steigen Rauchschwaden und unbekannte Düfte hoch. Von allen Seiten werden die potentiellen Interessenten umworben, mitunter sehr bedrängend. Nachdem ich mich für einen Stand entschieden habe, verzehre ich dort Tajine, Gemüse mit Fleisch gegart. Es schmeckt köstlich. Ein bisschen verwirrt, aber wohlig müde kehre ich ins Hotel zurück.

Dienstag, 19.2.

Nach einer Nacht mit leichtem Schlaf und einem üppigen, märchenhaften Frühstück fahre ich mit einem der roten Touristenbusse zum Jardin Majorelle. Dieser ursprünglich von dem Maler Majorelle angelegte Garten mit Tausenden von Kakteen aus aller Welt wurde später von Yves St. Laurent und seinem Partner Bergé übernommen und weiter gestaltet. An einem kleinen Kassenschalter erwerbe ich ein Ticket, trete durch einen Bogen und bin nach dem ersten Schritt von der Schönheit dieser gestalteten Welt verzaubert. Kakteen in Silbergrau und zahllosen Grüntönen bilden Kontraste zu dem expressiv leuchtenden Blau, Türkis und Gelb der schlichten Gebäude, deren grazile Vorbauten von schmalen Säulen getragen werden. Es gibt zwischen blau-türkis gekachelten Wasserbecken Bänke zum Ausruhen und reichlich bestückte große Pflanzentöpfe. Zwischen riesigen lanzenförmigen Kakteen wuchert eine Fülle anderer Pflanzen, mit zum Teil kugeligen, meist aber sehr bizarren Formen. Wohin das Auge auch blickt, es findet natürliche und gestaltete verschwenderische Schönheit, eine Farb- und Formenharmonie, die trunken macht. Die Menschen bewegen sich auffallend leise, mit Andacht und achtsam an diesem wunderbaren Ort.

Es gibt im Innenhof ein passendes kleines Café und ein Museum, in dem echter alter Berberschmuck ausgestellt ist. Ein Raum ist dem Andenken an St. Laurent gewidmet. In einem geschmackvoll eingerichteten Geschäft sind qualitativ hochwertige, kunstvoll schöne Dinge zu erwerben. Für Sophie und Julius nehme ich zwei filigrane Lesezeichen mit.

Es ist bereits Mittag, als ich den Garten verlasse und in der Nähe eine der vielen hier wartenden Pferdekutschen nehme, um in die Stadt zurückzufahren. Die Fahrt kostet etwas mehr als 150 Dirham, das sind etwa 15 Euro. Nach einer kleinen Stärkung an einem Imbiss und einer Pause im Hotel steuere ich wieder den Djemaa el Fna an, um in die Welt der Souks einzutauchen. Die Türme der Koutoubia-Moschee präge ich mir als Orientierungshilfe ein und erkenne zu spät, dass in den engen, überdachten Gassen keine Möglichkeit besteht, ohne Ortskenntnis herauszufinden. Als mir das klar wird, bin ich schon zu tief eingedrungen und lasse mich treiben, darauf vertrauend, dass mir später schon irgendwer helfen wird.

Für Menschen, die gerne einkaufen, sind die Souks ein Paradies. Mir fällt es schwer, angesichts dieser farbigen Überfülle von Schmuck, Taschen, Lampen, Teppichen, kunstvoll gehämmerten Eisenwaren überhaupt etwas zu wollen. Die meisten Händler sind nicht aufdringlich. Wenn doch einer mit einem Superangebot hinter mir herläuft und ich freundlich „La Shukran" sage, was „Nein, danke" heißt, kann ich ungehindert weiterziehen. Fridu, der es liebte, über Märkte und durch Antiquitätengeschäfte zu streifen, würde hier wahrscheinlich gar nicht mehr weg wollen.

Mir tun nach Stunden die Füße und Augen weh. Wie komme ich hier wieder heraus? Vergebens suche ich aus dem überdachten Labyrinth einen Abzweig. Schließlich bleibe ich vor einem Schuhgeschäft stehen, ziehe meinen Stadtplan heraus und zeige dem Besitzer, einem bärtigen, würdevollen alten Mann, die abgebildete Koutoubia-Moschee und ziehe fragend die Achseln hoch. Einen Moment lang stutzt er, versteht dann, ruft in den hinteren Ladenraum hinein, bis ein halbwüchsiger Junge mit blauschwarzen Haaren erscheint. In einem raschen Wortwechsel verständigen sie sich. Vielleicht ist der Junge sein Enkel. Er lächelt mich an und bedeutet mir mit einer Handbewegung, ihm zu folgen. Sein Gang ist so flink, dass ich Mühe habe, ihm in dem Gedränge zu folgen, bemerke aber, dass er an jeder Biegung auf mich wartet. Nach 20 Minuten gelangen wir auf den Platz. Hier kenne ich mich wieder aus. Als ich mich mit einem Geldschein bei dem Jungen bedanken will, winkt er lächelnd ab und verschwindet einfach.

Es dämmert bereits. Ich steige dieses Mal auf die Dachterrasse eines Restaurants, bestelle Tee und Tajine und schaue auf das Schauspiel unter mir. Am Nachbartisch sitzt ein junges verliebtes Paar aus Australien, das die Hände und küssenden Münder nicht voneinander lassen kann. Sie bitten mich um ein Foto, und ich halte mit ihrer Kamera die vor Glück leuchtenden Gesichter fest, ihre Köpfe dicht zusammengesteckt.

Für Sekunden kämpfe ich gegen den Anflug eines Neidgefühls an. Warum muss ich das alles alleine erleben? Es fällt so verdammt schwer, weil mir immer schmerzlich bewusst ist, wie all das Erlebte durch Austausch mit Fridu noch viel mehr an Farbe und Tiefe gewinnen würde.

Am späten Abend im Hotel gehe ich ein paar Runden schwimmen.

Außer mir ist nur eine junge Frau im Pool. Später lese ich weiter in meinem umfangreichen Reiseführer, bis mir die Augen zufallen. Traumloser Schlaf.

Mittwoch, 20.2.

Das abendliche Schwimmen war so erfrischend, dass ich den Tag gleich damit beginne. Jetzt ist es so voll, dass ich nach wenigen Bahnen aufhöre und mich auf das Frühstück freue. Leider ist es unmöglich, von allen Verlockungen auch nur zu kosten.

Heute plane ich, die Zeit zu nutzen, um das frühere jüdische Viertel und einige Museen kennenzulernen, entscheide mich aber am frühen Nachmittag doch lieber für ausgiebiges Schwimmen im Pool, ruhige Lektüre und nehme mir Zeit für Tagebuchnotizen. Es wird noch genug Besichtigungen geben.

Donnerstag, 21.2.

Nach dem Frühstück holt mich ein kleiner Bus ab. Wir fahren eine dicht befahrene Straße entlang. An den Seiten reiht sich ein großes Hotel neben das andere. Plötzlich tauchen unvermittelt Müllberge und riesige Steinhaufen auf. Die nächsten zehn Tage bin ich mit einer mir unbekannten Gruppe von Menschen zusammen. Wir werden Ausflüge ins Land machen, ins Atlas-Gebirge fahren, nach Essaouira und anderen Orten. Etwa 20 Autominuten von Marrakesch entfernt liegt die vor wenigen Jahren erbaute Kasbah inmitten eines kargen steinigen Geländes, ehemaliges Militärgelände. Schafherden ziehen umher, einige wilde Hunde laufen herum.

Hier hat ein Deutscher, verheiratet mit einer Marokkanerin, seinen Lebenstraum verwirklicht. Die Familie lebt ein halbes Jahr mit ihren jugendlichen Töchtern in Marokko und die andere Hälfte in Deutschland. Sie bieten neben Unterkunft und Verpflegung ausgewählte Ausflüge an Orte an, die nicht dem üblichen Tourismus-Programm entsprechen. Zum Beispiel Besuche von Kooperativen, die Teppiche und Arganöl produzieren. Die Kasbah liegt auf einem weitläufigen ummauerten Gelände, eingebettet in eine Grünanlage mit duftenden

Rosenbeeten und Bougainvilleas, einer Tennisanlage, Swimmingpool und einem Tiergehege. Von der Dachterrasse aus kann man bei gutem Wetter ins Atlas-Gebirge schauen.

Mein Zimmer ist hell, freundlich eingerichtet, vom kleinen Bad aus habe ich einen weiten Blick. Zur Begrüßung gibt es gesüßten Pfefferminztee, dazu kleine pralinenartige Süßigkeiten aus Nüssen, Honig und Marzipan. Nach dem Auspacken treffe ich unten in der großen Halle ein Paar aus Chemnitz.

Am Abend sind alle Gäste eingetroffen, und wir lernen uns bei einem gemeinsamen Abendessen mit Harira Suppe, Salat und Couscous kennen. Es sind lauter Paare aus verschiedenen Ecken Deutschlands. Neben mir sitzen zwei Ehepaare aus der Schwäbischen Alb, die sehr interessant vom Widerstand von Kommunisten in einem kleinen Ort während der Nazizeit erzählen. Die Vier sind offenbar politisch sehr engagiert, eine Ärztin, zwei ehemalige Lehrer und ein Musiker, die diese Erfahrung mit einer Gruppe in einem Theaterstück inszenieren.

Nach einem Blick in die Runde stelle ich fest, dass ich die einzige Person ohne Partner bin. Mal sehen, was das für die Kontaktnahme bedeutet. Vor dem Schlafen lese ich noch in „Vom Gehen im Eis" von Werner Schroeter. Draußen schreien Pfaue.

Freitag, 22.2., bis Sonntag, 3.3.

Die Tage sind voll neuer fremdartiger Bilder, Impressionen, die allmählich wie ein buntes, dichtes Gewebe meine Wahrnehmung bestimmen. Besuch bei einem in Kräuterheilkunde versierten Apotheker in Marrakesch. Wir werden von einem fließend Deutsch sprechenden Führer – noch jung, aber bereits zahnlos – durch ein Gewirr von Gassen geleitet. Uns erwartet ein Vortrag über diverse Kräuter und Öle, vor allem das kostbare Arganöl. Gleichzeitig wird in einem Nebenraum Massage angeboten. Aus der Gruppe vermuten einige, dass unser Guide für die Zuführung potentieller Käufer irgendeine Vergünstigung erhält.

Eine Fahrt ins Atlas-Gebirge bringt uns zu Experten, die unter harter, mühseliger Arbeit aus einem Steinbruch Edelsteine brechen. Der Weg dorthin führt minutenlang an neuen, leerstehenden Häusern vorbei. Während er den Bus steuert, erklärt der Fahrer, dass wir solchen Geisterstädten noch öfter begegnen werden, dass sie das Resultat der internationalen Immobilienblase sind, und er erzählt auch, es sei üblich, dass Polizisten morgens die Straßenkreuzungen ersteigern, die sie dann kontrollieren dürfen. Bei dieser Tätigkeit kassieren sie Gelder für tatsächliches und erfundenes Fehlverhalten. Das Geld, das sie auf diese Weise einnehmen, müssen sie mit ihrem Chef teilen. Obwohl die Regierung der Korruption den Kampf angesagt hat, bleibt sie ein großes Problem.

Auf dem Weg in den Atlas sehen wir kunstvoll angelegte Bewässerungskanäle aus Ton, die die Landschaft fruchtbar machen. Weite Flächen von grünen Wiesen und Olivenhainen. Auf den Bergspitzen liegt Schnee. Der Himmel schimmert in rosa-blau-grau-lila Tönen. Das letzte Stück müssen wir über einen schmalen, sandig und steinigen Weg laufen. Für den großen Bus ist er nicht befahrbar.

Wir werden bereits von Hussein erwartet. Der erst 60-Jährige sieht aus wie mindestens 70. Er arbeitet in einem Steinbruch und bietet zu Hause in einer zum Geschäft erklärten Garage vielerlei Halbedelsteine an. Aber zunächst servieren seine Frau und die beiden Töchter, alle in wunderschönen leuchtend farbigen Kleidern, in ihrem Olivenhain ein zweites Frühstück für unsere Gruppe. Es gibt frisch duftendes Fladenbrot, Butter, Rührei und Marmelade. Dazu stark gesüßten Pfefferminztee. In aller Einfachheit köstlich.

Mir scheint der Ort eine himmlische Oase zu sein. Nach der Stärkung geht ein großer Teil der Gruppe mit Hussein in den Steinbruch. Ich bleibe in dem schattigen Hain zurück, genieße die Stille und den Schutz vor der sengenden Sonne. Das neue Knie darf nicht überlastet werden. Ab und zu wird die Stille vom Blöken der Schafe und dem Meckern der Ziegen unterbrochen. Dann wieder kein Laut.

Auf der Rückfahrt am Abend bestaunen wir durch die Busfenster das atemberaubend dramatische Farbenspiel am Himmel, in einem Meer glutroter Farbe schwimmen einzelne orangene und lilafarbene

Inseln – phantastische Gebilde, die träumen machen. Später findet das Essen bei Kerzenschein statt, weil wieder einmal der Strom ausgefallen ist. Zum Reis gibt es Rindfleisch mit Zimtpflaumen und Mandeln.

Nur noch kurze Lektüre im Buch von Pierre Loti möglich. Bevor ich einschlafe, taucht plötzlich der Gedanke auf, dass ich in all den Tagen noch nicht einmal von Fridu geträumt habe, obwohl ich tagsüber oft an ihn denke.

Die Situation der Paare konfrontiert mich ständig mit der Tatsache, dass ich hier allein bin. Einmal setze ich mich unbekümmert zwischen ein Paar, anstatt an die Seite, und ernte prompt von einigen Frauen skeptische Blicke. Mit innerem Schmunzeln beobachte ich all die kleinen Rituale und Eigenheiten, die zwischen den Paaren ausgetauscht werden. Auch das Herumgezupfe der Frauen an der Kleidung der Männer: „Zieh doch lieber das an." Oder wechselseitiges Korrigieren in Gesprächen: „Nein, du irrst, das war doch alles ganz anders" und/oder Bestätigen: „Weißt du noch, wie unglaublich das Essen war, als wir in Dingsda waren …"

Seltsam, ich kann mir Fridu in diesem Kreis nicht vorstellen. Auf jeder Reise nach seinem Tod habe ich ein schön gerahmtes Foto von ihm dabei, worauf er mich strahlend anlacht. Während der China-Reise 2002 ließ ich es einmal in Eile in Hangzhou in einem Hotel stehen. Eine junge Frau kam aufgeregt und laut rufend mit dem Foto in der Hand zum gerade abfahrenden Bus gerannt.

Wäre ich überhaupt hier, wenn er noch leben würde?

Anita und Hans-Gerhard Kretzschmar, dem sympathischen, weit gereisten Paar aus der Nähe von Chemnitz, schließe ich mich an einem Morgen an, um erneut Marrakesch zu erkunden. Die Neustadt mit den vielen Hotels und Geschäften, die sehr europäisch wirkt, lassen wir liegen. Wir wollen zu den Saadier-Gräbern, zum Bahia Palast und später zur Mellah, dem ehemals jüdischen Viertel von Marrakesch. Der Zugang zum Mausoleum der Saadier-Dynastie verbirgt sich in einer engen, unscheinbaren Gasse, dabei ist es eines der schönsten historischen Monumente des Maghreb. Mich erinnern die reichen

Ornamente und Mosaike an die Alhambra in Granada, von deren architektonischer Schönheit sowohl Fridu als auch ich überwältigt waren. Es gibt ein Foto von ihm, auf dem er braungebrannt im Inneren des Hofes in einem der prachtvollen Marmorsessel thront, wie ein Prinz aus Arabien.

Der Bahia Palast, den wir anschließend aufsuchen, legt mit seinen zahlreichen, kunstvoll im maurischen Stil geschmückten Sälen, kostbaren Schnitzereien und bemalten Zedernholzdecken, Innenhöfen und Gärten ebenfalls Zeugnis ab von den kulturellen Höchstleistungen orientalischer Fürstenhäuser.

Nachdem wir im ehemals jüdischen Viertel, früher komplett ummauert, die 500 Jahre alte Synagoge entdeckt und besichtigt haben, gönnen wir uns mitten im quirligen Treiben des ein bisschen morbide anmutenden Viertels auf der Terrasse eines winzigen Restaurants eine Mittagspause, trinken Tee, essen Tajine und beobachten die Geschäftigkeit von Händlern und Käufern.

Irgendwann fällt mir auf, dass ich inzwischen einen Zustand erreicht habe, in dem ich wie losgelöst in einem Zeitstrom schwimme, nicht mehr weiß, welches Datum wir haben und mühsam überlegen müsste, welcher Wochentag gerade ist. Die Berliner Realität ist weit weggerückt, und ich fühle mich wie lange nicht mehr mit der Gegenwart verbunden. Inzwischen habe ich einen Modus gefunden, der meinen Bedürfnissen entspricht, ziehe mich ab und an zurück, um zu schreiben und zu lesen.

Es folgen Tagestouren mit dem Bus. Natürlich entscheidet jeder selbst, ob sie/er mitfahren möchte. Es besteht immer auch die Möglichkeit, den Tag in der Kasbah oder in Marrakesch zu verbringen. Wir fahren nach Amizmiz, einem Berberdorf im Atlas. Die wenigen Frauen, die wir dort sehen, sind alle in Djellabas gehüllt. Die Straßen sind mit Männern belebt, von denen einige plaudernd Hand in Hand gehen. Bei Zwischenstopps finden Besichtigungen statt oder es gibt auch die Möglichkeit, bei Handwerkern Mitbringsel zu kaufen. Auf der Rückfahrt sehen wir einen von den Franzosen angelegten künstlichen See.

Am Tag darauf geht es wieder in den Hohen Atlas. Der Bus nimmt die sich schlängelnde Bergstraße, fährt durch eine Landschaft mit roter zerklüfteter Erde, Steinmassiven, tiefen Schluchten, schweren Erosionen, dann wieder liebliche grüne Täler, Eukalyptusbäume und Apfelplantagen. Auf den Hängen überall Herden von Ziegen. An manchen Kehren warten Schmuckhändler mit Berberschmuck und Edelsteinen auf vorbeifahrende Touristen. Eigentlich müsste man diese wilde beeindruckende Landschaft mit ungewöhnlichen Ausblicken in Ruhe erwandern. In dem Wallfahrtsort Mullah y Brahimi machen wir Rast.

Nach unserer Rückkehr am Abend gibt es in unserer Kasbah ein marrokanisches Fest. Trommler und Musiker aus der Stadt sind eingeladen und musizieren auf speziellen Instrumenten. Es gibt süße Kuchen, Bowle, Nussgebäck und Tee. Später wird zu der landestypischen Musik getanzt, und es stellt sich rasch heraus, dass die Mädchen aus der Küche und die Hausherrin Aischa anmutige und kühne Tänzerinnen sind, deren Hüften und Becken zu den mitunter sehnsuchtsvollen Klängen lustvoll zucken.

Tage später, auf dem Weg nach Essaouira, legen wir in Safi einen Zwischenstopp ein. Unser Hotel Riad Asfi liegt unmittelbar am Hafen und in der Nähe der befestigten Medina. Bei meinem Streifzug durch die Gassen und einem Bummel durch ein Viertel, in dem ausschließlich Keramik in Türkisblau, Schwarz oder in grün-gelben Farbtönen, glasiert und gebrannt, verkauft wird, habe ich ein hübsches Erlebnis. Eine Gruppe von kleinen Schulmädchen in blau-weißen Uniformen kommt mir kichernd entgegen. Offenbar sehe ich in ihren Augen seltsam aus. Darüber beginne ich zu lachen, während sie laut prustend an mir vorbeigehen. Mein Gefühl sagt mir, dass eine von ihnen auf Zehenspitzen dicht hinter mir her geht, und so drehe ich mich blitzschnell um. Tatsächlich fängt diejenige laut zu kreischen an, als ob ihr wirkliches Unheil droht. Die umherstehenden Verkäufer, die die Szene beobachtet haben, lachen nun ebenfalls herzlich. Die Mädchen rennen, vor Angstlust immer noch schreiend, davon.

Safi, eine Hafenstadt, von Portugiesen im 16. Jahrhundert erbaut, ist vor allem ein industrielles Zentrum, ein Exporthafen für Phosphat. Beim Gang durch den Basar sehe ich Massenware aus Synthetik und Plastik-Kitsch, wahrscheinlich Made in China. Der Anblick dieser globalisierten Hässlichkeit ist niederschmetternd. Trost finden die Augen in den Gängen des Keramik-Suk, der mit kunstvollen Arbeiten im alten Stil aufwartet. Hier gibt es in allen erdenklichen Größen Behälter für Tajine, Gewürze und andere Haushaltsbelange. Beim Überqueren einer Hauptstraße gelange ich zufällig auf einen uralten Friedhof. Dort wandere ich eine Weile herum, schaue mir die verwitterten, teils von Moos überwachsenen Grabplatten an und schlendere dann zurück zum Hafen. In einem Café genieße ich bei Café au Lait die aus einem hellen, seidig blauen Himmel scheinende Sonne, die schreienden und kreisenden Möwen, auch die Allah-Gesänge in kehligen Lauten.

Am Abend lese ich weiter „Im Zeichen der Sahara" von Pierre Loti.

Bei der Fahrt am nächsten Morgen nach Essaouira erzählt Aischa im Bus, dass die Salafisten Marokko bedrohen. Der derzeitige König hat in Europa studiert und fortschrittliche Ideen mitgebracht, auch in Bezug auf die Rolle der Frauen. Nebenbei erwähnt sie, dass es in Mauretanien für Frauen Zwangsernährung gibt, weil die Männer dort fette Frauen lieben.

Nach Stunden Fahrt machen wir in einem Restaurant unmittelbar am Atlantik für ein opulentes Fischessen Halt. Es gibt Rochen, Aal und viele mir unbekannte Fischsorten, gebraten oder gedünstet, alle frisch zubereitet mit Salat und Gemüse. Bei der Weiterfahrt kommen wir durch eine Art Mondlandschaft, rechts und links liegen Steinmeere, Felder mit bizarren Steinformationen.

Die Hafenstadt Essaouira wirkt bei der Annäherung auf den ersten Blick wie ein französischer Fischereihafen. Hier kommen wegen des ständigen scharfen Windes viele Surfer her. Sobald man durch ein Tor der Stadtmauer tritt, befindet man sich zweifelsfrei in der marokkanischen Welt der Medina mit den Suks, einem Gewirr von Gassen mit kleinen Läden aller Art. Es gibt Schmuckgeschäfte, in denen Berberschmuck verkauft wird. Große schwere Steine aus Bernstein oder

Lapislazuli sind mit massivem Silber zu eindrucksvollen Gehängen gearbeitet. Lauter Unikate. Es gibt kleine Cafés. Boutiquen mit Kleidung. Autos fahren hier nicht mehr. Waren werden auf Holzkarren geliefert, die von Menschen oder Eseln gezogen werden.

Unser Hotel, neu und sehr schön gestaltet, liegt inmitten all des Trubels. Nachdem ich meine Sachen im Zimmer verstaut habe, mache ich mich zu einem ersten Streifzug auf, erstehe ein leuchtend blaues Tuch, wie es die Tuaregs tragen, und suche aus einer der vielen Schalen, die am Boden stehen, einige wenige alte Steine aus, um mir zu Hause eine Kette zu machen. Das Geschrei der Möwen begleitet jeden Schritt, und außerhalb der Stadtmauern fegt ein scharfer Wind. Erst nach einer Weile entdecke ich auf zahlreichen Dächern Storchennester.

Im Hafengelände ruft plötzlich jemand meinen Namen. Es ist Hans-Gerhard, der mit Anita in einem Restaurant sitzt und Fisch isst. Ich geselle mich zu ihnen und bestelle ebenfalls fangfrischen, gebratenen Fisch, der wunderbar schmeckt. Nachdem wir mit dem Essen fertig sind, kaufe ich mir auf dem Rückweg Postkarten, verabschiede mich von den beiden und kehre in ein Café ein, um zu schreiben und zu lesen.

In der Nacht, als ich zur Toilette muss, schaue ich aus meinem weit geöffneten Fenster. Die tagsüber vor Betriebsamkeit quirlende Gasse liegt nun wie ausgestorben da. Eine einzelne Möwe spaziert mitten auf der kleinen Straße Richtung Stadttor. Kurz hinter ihr läuft eng umschlungen und schweigend ein Liebespaar, das alle paar Meter stehen bleibt, um sich innig zu küssen.

Danach träume ich, dass ich zu Hause bin und von der Arbeit komme. Fridu hat seine Skattruppe eingeladen, und ich höre, wie sie spielen und lachen. Müde gehe ich zu Bett, kann aber nicht wirklich einschlafen, weil mich das Stimmengewirr immer wieder aufschreckt. Um drei Uhr morgens ist offenbar Schluss. Alle verabschieden sich und, am Fenster stehend, sehe ich, wie Fridu eine Frau umarmt und küsst. Anschließend kommt er in mein Zimmer. Statt mich zu freuen, sage ich vorwurfsvoll: „Du könntest mich auch einmal fragen, wie mein Tag war. Und warum so viele Küsse für die fremde Frau?" Mit einem Gefühl von Eifersucht werde ich wach. Wie idiotisch. Hört das nie auf?

Auf der Rückfahrt an diesem Tag besuchen wir eine Arganöl-Kooperative und bekommen einen Eindruck von der unglaublich mühevollen Arbeit der Frauen, die das kostbare Öl durch Mahlen der geschälten Frucht aus den Nüssen gewinnen. Eine Frau aus unserer Gruppe gesellt sich zu den auf dem Boden im Kreis sitzenden Frauen, die die Nüsse aus den Schalen befreien, um sie schließlich mit der Hand zwischen zwei schweren Tonscheiben zu mahlen. Sie versucht, es einer Arbeiterin gleich zu tun, aber obwohl sie sich sichtlich anstrengt, scheitert sie. In dem der Kooperative zugehörigen, sehr schön eingerichteten Laden werden die Argan-Produkte verkauft. Junge Frauen beraten uns. Ich nehme Seife und kleine Flaschen mit Massageöl mit.

Bevor wir wieder Marrakesch erreichen, halten wir noch, um eine Kooperative zu besichtigen, in der Teppiche geknüpft werden. Wir betreten ein riesiges Zelt, dessen Wände über und über mit den schönsten handgeknüpften Teppichen bedeckt sind. Wir bekommen Tee gereicht und können uns in Ruhe umschauen. Mein Blick fällt immer wieder auf einen schmalen rosafarbenen Läufer mit lila Einknüpfungen. Schließlich gebe ich der Versuchung nach, zumal er zusammengerollt gut in mein Gepäck passt.

Es ist der letzte Abend. Die anderen werden später als ich abreisen. Nach der Verabschiedung verbringe ich eine unruhige Nacht, weil ich um 5 Uhr aufstehen muss. Als Aischa mich zum Flughafen fährt, gießt es in Strömen. Die Straßen sind teilweise überspült und wir kommen nur auf Umwegen weiter. Trotzdem schaffen wir es pünktlich, so dass ich um 9.15 Uhr die Maschine nach Casablanca erreiche. Während ich dort inmitten zahlreicher Menschen aus aller Welt auf den Abflug nach Berlin warte, die typische, ständig nervende Geräuschkulisse im Hintergrund, frage ich mich, wer ich auf dieser Reise war, finde aber keine klare befriedigende Antwort. Diese Art von Unterwegssein inmitten einer Schar fremder Menschen, mit denen für mich nicht jene Nähe entsteht, in der ich mich ganz aufgehoben, weil erkannt fühle, beinhaltet seltsamerweise neben Identitätsverlust gleichzeitig Zuwachs an neuen Aspekten meiner Person. Die spontane, offenbar durchaus freundlich gemeinte Zuschreibung einer Frau aus der Gruppe – „Sie sind unser Paradiesvogel" – lässt mich ahnen, wie sehr Selbst- und Fremdwahrnehmung in diesem Kreis auseinanderklafften. Offenbar muss ich mir immer wieder neu bewusst machen, dass jene tiefe Erlebnisqualität, die zwischen Fridu und mir möglich war und die so wenig selbstverständlich ist, für immer der verlorenen Vergangenheit angehört. Ich kann nur hoffen, dass ich diese kostbaren Erfahrungen niemals vergessen werde.

Als ich endlich im Flieger sitze, schlafe ich kurz nach dem Start ein und werde erst wieder wach, als der Landeanflug beginnt. Beim Anblick der Stadt aus der Luft spüre ich jedes Mal, wie sehr mein Herz an Berlin hängt.

Montag, 4.3.

Die Temperaturen hier sind eisig. Meine Hoffnung, von einem Frühling in den anderen zu wechseln, wird herbe enttäuscht. Es herrscht noch tiefster Winter mit beachtlichen Minusgraden. Unentwegt fallen dicke weiche Flocken auf eine bereits hohe Schneedecke, die den Verkehr verlangsamt und die üblichen Geräusche dämpft. Ein Taxi bringt mich durch die weiße Stille nach Hause. Als ich in Schlachtensee angekommen bin und die Haustüre aufschließe, spüre ich den Schmerz darüber, dass mich kein Ruf „Scharmchen, bist du wieder da?" empfängt. An bestimmte Leerstellen werde ich mich wohl nie gewöhnen können. Für einen Moment setze ich mich auf die kleine Bank im Flur, mit dem Satz in mir: „Fridu, ich bin wieder da."

Jedes Mal, wenn ich das Haus nach längerer Abwesenheit betrete, die Treppe hinaufsteige und in den großen Kaminraum komme, denke ich, wie schön es hier ist. Habe dabei immer wieder Fridu vor Augen, wie er barfuss herumspaziert, in kindlicher Freude völlig beglückt darüber, dass dieses architektonisch ungewöhnliche Haus nun ihm gehört.

Alles ist in schönster Ordnung. Rosi hat die Post versorgt und mir Blumen hingestellt. Maria war ein Mal zum Saubermachen da. Die Kinder Sophie und Julius haben mir einen Gruß gemalt und schreiben, dass sie sich freuen, dass ich wieder zurück bin.

Nachdem ich ausgepackt und die Wäsche in die Waschmaschine gesteckt habe, gehe ich erst einmal mit meinen Mitbringseln zu Franks rüber. Bei einem Cappuccino erzähle ich skizzenhaft von den Erlebnissen. Rosi bekommt ein Fläschchen Arganöl und die Kinder die Lesezeichen aus dem Jardin de Majorelle. Später gehen wir gemeinsam zu mir, um den rosa Läufer zu begutachten, der allen gefällt. Anschließend falle ich zufrieden in mein Bett. Den nächsten Tag habe ich mir noch freigehalten, um in Ruhe anzukommen. An die Kälte muss ich mich erst noch gewöhnen.

Donnerstag, 7.3.

Die ersten drei Arbeitstage sind schon wieder vorbei. Am Abend fahre ich ins Kino Capitol in Dahlem, um die Verfilmung von Pascal Merciers „Nachtzug nach Lissabon" zu sehen. Das Buch habe ich mit Begeisterung und großem Interesse gelesen. Schwer vorstellbar, dass ein Film an die Qualität des Buches heranreicht. Jeremy Irons spielt den Schweizer Lehrer, der, angeregt durch die Lektüre eines Buches, spontan sein bisheriges Leben hinter sich lässt und nach Lissabon zu einer komplizierten Spurensuche aufbricht. Ich habe mir den Protagonisten völlig anders vorgestellt. Die Schauspieler geben ihr Bestes, aber die tiefe philosophische und spirituelle Dimension des Buches wird nicht wirklich erfasst. Immerhin macht mir der Film Lust, bald einmal nach Lissabon zu reisen.

Samstag, 9.3.

Gestern ist Margret Thatcher verstorben. Sie soll zuletzt schwer dement gewesen sein. Zurzeit erlebe ich in der Praxis hautnah bei zwei Frauen, wie unendlich schwer und belastend eine solche Entwicklung in der eigenen Familie ist. Einmal ist eine Mutter betroffen und im anderen Fall ein Vater. Die erwachsenen Töchter haben selbst Familie und sind berufstätig. Sie leiden an chronischer Erschöpfung und einem permanent schlechten Gewissen, obwohl sie mehr tun, als es ihre Kräfte erlauben. Gleichzeitig ist die Trauer zu verkraften, einen geliebten Menschen allmählich zu einem Fremden verwandelt, in eine unbekannte Welt verschwinden zu sehen.

Mit dem Rad fahre ich zum Landespsychotherapeutentag, der auf dem Campus der Uni in Dahlem stattfindet. In diesem Jahr lautet das Thema „Entscheidungen, Erfolge, Risiken und Nebenwirkungen". In der Pause treffe ich auf Wolfgang Krüger, wir unterhalten uns eine Weile über die Referate.

Abends bin ich mit Roswitha und Eberhard zum japanischen Essen verabredet.

Sonntag, 17.3.

Heute ist persisches Neujahrfest und der Geburtstag von Behruz Foroutan, dem engsten Freund von meinem Nachbar Thomas. Beide sind Ärzte, die sich bei der Bundeswehr kennengelernt haben. Während Thomas inzwischen in eigener Praxis als Kardiologe arbeitet, ist Behruz weiter bei der Bundeswehr tätig und immer wieder zu Sondereinsätzen im Ausland unterwegs. Wenn er für einige Monate zu Einsätzen nach Afghanistan oder, wie zuletzt, nach Mali muss, kommt seine ihm in Brasilien zugelaufene Katze namens Shazzy zu Franks in Pflege. Die ersten Male war sie eine kleine zickige Diva, entweder überhaupt nicht zu sehen oder in hohen Tönen anklagend durchs Haus laufend. Leider vertragen sie und Ferdi Kater sich nicht. Seine anfänglich harmlosen Versuche, mit ihr zu spielen, arteten in Kämpfe aus. Schließlich musste er ihr klar machen, wer Gast ist und wer hierher gehört. Inzwischen gehen beide sich aus dem Weg, und Ferdi flüchtet oft zu mir.

Behruz hat Rosi, Thomas, die Kinder und mich zu einem persischen Festessen in seine neue, wunderschön gestaltete Wohnung eingeladen. Sie liegt hoch über den Dächern von Berlin. Wir werden von exotischen Düften begrüßt. Die zugedeckten Töpfe und Schalen auf dem Tisch enthalten kulinarische Besonderheiten. Allein die Granatapfelsoße zu Lammfleisch und Reis ist ungewöhnlich köstlich. Shazzy, das Katzenmädchen, beobachtet aufmerksam, wie wir stundenlang schlemmen und reden. Erst am frühen Abend verabschieden wir uns.

In der Nacht träume ich, mit Fridu durch Antiquitätengeschäfte zu ziehen, so wie er das oft und gerne an den Wochenenden machte, die er gestalten durfte, während an einem anderen Wochenende wieder ich mit meinen Wünschen und Vorlieben den Tagesplan vorgab. Während wir im Traum durch das Holländische Viertel in Potsdam streifen, habe ich Sorge, dass er zu viel einkaufen könnte. Wir haben bereits zahlreiche schöne, kunstvolle Dinge, von denen ich mich aber leicht bedrängt fühle. Ich höre mich sagen: „Du weißt, dass ich Dir alles Schöne gönne, aber es darf nur noch winzig wie eine Streichholzschachtel sein, damit es keinen Platz mehr wegnimmt." Wilfried schaut mich an und lacht mich aus. Der Traum hängt sicher mit dem Besuch bei Behruz zusammen. Fridu wäre von dieser ungewöhnlich kunstvoll gestalteten Wohnung begeistert.

Mittwoch, 20.3.

Ein Frühlingsanfang, der unter Schneemassen begraben ist und an den kein Mensch glauben kann, da weit und breit keine Spur in Sicht ist. Das Wetter ist längst zum Thema Nummer Eins geworden, denn allmählich sind auch die Hartgesottenen, denen kein Wetter irgendetwas anhaben kann, in ihrer Stimmung trübe und zweifeln daran, ob dieser Winter je ein Ende finden wird. Obwohl ich eigentlich die Kälte des Winters mag, reicht es mir in diesem Jahr längst. Da hilft nach der Arbeit nur fesselnde Lektüre und viel Schlaf.

Donnerstag, 21.3.

Nach der KG-Behandlung bei Lea beschließe ich, mir den Film „Kon Tiki" im Steglitzer Titania-Palast anzusehen. Wenigstens im Kino kann ich dem unwirtlichen Grau entgehen. Erinnere mich dunkel daran, wie in der Kindheit von den Eltern mit Bewunderung von diesem Thore Hyerdahl gesprochen wurde. Nach dem Film gehe ich zu Burger King, um dort vor der Heimfahrt rasch einen Kaffee zu trinken. Mir gegenüber nimmt ein alter Mann mit den Worten Platz:

„Alles ist Käse." Er ist von großer, schmaler Gestalt. Fast alles an ihm wirkt grau. Aber sein Blick ist erstaunlich wach. Auf seinem Tablett stehen ein Glas mit heißem Wasser für Tee, viel Milch und ein Stück Apfelkuchen. Weil ich ihm freundlich einen guten Appetit wünsche, scheint er sich eingeladen zu fühlen, von sich zu erzählen. Es fließt aus ihm heraus: Er habe die Nazizeit noch erlebt, mit all der Gewalt, und nun, wohin man schaut nur noch Gewalt. Er habe keine Lust mehr zu leben. So geht es eine ganze Weile weiter mit Aufzählung all der aktuellen Missstände. Dann: „Haben Sie nicht 'ne Tablette, mit der man 'nen Abgang machen kann?" Die Frage muss ich verneinen. Als ich aufstehe, um zu gehen, kommt von ihm ein „Bleiben Sie doch noch". An manchen Tagen fällt es mir schwerer als an anderen, beim Gang durch die Stadt die ins Auge springende Bedürftigkeit auszuhalten.

Samstag, 23.3.
Mit Nina und Peter Schaul und Barb Kirkamm bin ich heute im Wedding im Kino und Café am Ufer verabredet. Wir sehen einen Dokumentarfilm über internationale grüne Bewegungen und nehmen einige Anregungen für Energieersparnis mit. Später sitzen wir in Mitte noch in einem asiatischen Restaurant zusammen und diskutieren über das Gesehene. Wir kommen zu dem Fazit: Letztlich bleibt für jeden von uns die Frage, wie und was wir im Alltag konsumieren und wie wir noch bewusster mit Energie und Ressourcen umgehen können. Der Verzicht auf ein eigenes Auto, auf Fernsehen und häufiges Fliegen fällt mir nicht schwer. Es ist überhaupt kein Verzicht. Im Umgang mit Wasser und Licht ist das schon anders, denn immer wieder ertappe ich mich dabei, Wasser unnötig lange fließen zu lassen. Mit dem Licht kann ich sicher auch noch aufmerksamer umgehen, wobei ich ausreichend Licht brauche, um mich wohl zu fühlen und die Augen zu entlasten.

Sonntag, 24.3.
Bin mit Maxi A. im „Ferrara" zum Essen verabredet. Maxi befindet sich in der Endphase der Ausbildung zur Psychotherapeutin und

möchte gerne die Hälfte meiner Praxis übernehmen. Alles, was ich bisher über Praxisverkäufe oder das Teilen der Sitze erfahren habe, ist in meiner Wahrnehmung rechtlich bürokratisch kompliziert und nicht so, dass ich dem bedenkenlos zustimmen könnte.

Maxi scheint über meine Haltung frustriert. Sie sieht, anders als ich, wenig Probleme und ist, obwohl ich ihr nichts versprochen habe, offenbar über mein Zaudern verärgert. Aber ich habe einfach keine Lust, den ohnehin bürokratischen Aufwand für die Praxis noch zu vergrößern, in dem ich mich in eine Abhängigkeit begebe, von der ich nicht weiß, wie umfangreich sie sein wird und wohin sie führt. Freunde, die selbst eine Praxis führen, haben mir dringend abgeraten, einen solchen Schritt zu machen.

Als ich nach dem Treffen nach Hause laufe, spüre ich in meinem Gefühl einen Misston hängen. Um den wieder los zu werden, sehe ich mir eine DVD an, auf der Claudio Abbado bei einem Luzern Festival von Gustav Mahler die Rückert-Lieder dirigiert und Magdalena Koženà singt.

Anschließend spüre ich nach langer Zeit das Bedürfnis, in alte Kassetten hineinzuhören. Wilfried und ich haben häufig Gespräche aufgenommen, wenn es für uns um wichtige Themen ging, so der Inhalt von Büchern, an denen wir gerade arbeiteten, die Suche nach passenden Titeln, aber vor allem auch Gespräche über Bedürfnisse in unserer Beziehung, Meinungsverschiedenheiten oder Konfliktinhalte, die zu klären waren.

Bei meiner Durchsicht bleibe ich bei einem Band vom 10.9.85 hängen. Es ist von Fridu beschriftet mit „Liebe, Sexualität, Wohnen im Alter". Zunächst ist da nur Schweigen, dann höre ich, wie sein Feuerzeug klickt, um eine Pfeife anzuzünden und er daran zieht. Ich beginne darüber zu sprechen, dass ich nicht verstehe, wieso ein langer Strom von liebevoller Gemeinsamkeit mitunter plötzlich abbricht. Irgendetwas Schroffes passiert. Wilfried entgegnet ruhig, dass er den Eindruck hat, dass ich offenbar manchmal davon ausgehe, dass er einfach wissen müsste, wie es mir geht, ohne selbst darüber Auskunft zu geben. Wir sprechen fast zwei Stunden über unsere wechselseitigen Wahrnehmungen, über Sexualität und die Frage, wie die nächsten Lebensjahre aussehen, wie wir wohnen und arbeiten wollen. Mich beschäftigt die Frage, wie man zusammen lebendig älter wird, wie man das hinkriegt. Wir überlegen, ob es sinnvoll ist, zwei Lebensräume zu haben, um sich distanzieren, aber auch aufeinander zubewegen zu können. An einer Stelle sage ich ihm, dass ich den Eindruck habe, dass er mich strenger behandelt als andere. Er stimmt zu: „Da ist was dran, aber mir geht es umgekehrt mit dir genauso." Am Schluss meint er, dass ihm jetzt im ganzen Körper wohlig warm ist. Ich äußere lachend, dass ich Lust auf ihn habe und mit ihm in sein Bett gehen will. Das Gespräch fand statt, als wir bereits 17 Jahre zusammenlebten und nicht wussten, dass es nicht noch einmal so viele Jahre geben sollte. Die Vergangenheit auf diese Weise in die Gegenwart zu holen, das Hören unserer Stimmen, die ernsthafte Bemühung um wechselseitiges Verständnis berührt mich immer sehr und macht gleichzeitig froh und dankbar.

Gründonnerstag, 28.3.
Rosi hat Ute Frank, die Mutter von Thomas, ihre ganze Familie und mich in die Philharmonie zur Matthäus-Passion eingeladen. Enoch zu Guttenberg dirigiert. Der Beginn ist 19 Uhr. Nicht nur für die Kinder ist dieses Bach-Werk mit hervorragenden Solisten und großem Choreinsatz, dem Tölzer Knabenchor und der Chorgemeinschaft Neubeuern eine Herausforderung. Julius schläft irgendwann auf dem Schoß von Rosi ein. Während ich zuhöre, schweifen meine Gedanken ab und an zurück in die Kindheit, als ich mit meinem Vater viele Jahre in einem Chor sang, auch die Matthäus-Passion. Das Singen fehlt mir. Mitunter ist es ein körperlicher Schmerz, die Töne nur noch denken zu können. Von vielen Werken habe ich noch Partituren im Kopf, ohne meinen früheren Part singen zu können. Monate bevor Fridu starb, hatte ich ein Keyboard gekauft und eine Gesangslehrerin engagiert, die mir helfen sollte, die Stimmbänder wieder zu trainieren. Nach seinem Tod starb auch mein Wunsch, wieder zu singen.

Als wir gegen 23 Uhr den Heimweg antreten, sind wir zwar mächtig beeindruckt, aber auch ziemlich geschafft.

Karfreitag, 29.3.
In der Frühe ein Gang um den Schlachtensee. Anschließend Arbeit am Schreibtisch. Am Abend bin ich bei den Freunden Anne und Martin Häupl zum Essen eingeladen. Anne, die Bildhauerin, und Martin, der Professor für Musik und Theaterwissenschaft, wohnen gleich um die Ecke von mir in der Ahrenshooper Zeile. Sie sind im Laufe des Jahres meist viele Monate unterwegs, leben im Sommer in Südfrankreich, so dass wir uns eher selten verabreden können. Aber mitunter gibt es ein zufälliges Treffen beim Einkaufen auf unserem kleinen Wochenmarkt an der Matterhornstraße. Dann halten wir einen Plausch und tauschen Neuigkeiten aus, wobei wir uns oft auf Bücher, aber auch auf Filme aufmerksam machen, über die wir diskutieren, wenn ich wieder einmal – beide kochen hervorragend – mit sehr gutem Essen von ihnen verwöhnt werde. Anne und Martin gehören zu den wenigen Paaren, die ihr Leben schon lange zusammen verbringen und es auch jetzt mit zunehmendem Alter farbig und lebendig gestalten, so dass es in ihrer Nähe nie langweilig wird.

Karsamstag, 30.3.
Roswitha hat heute Geburtstag, aber keine Lust zu feiern. Mir geht es seit Fridus Tod meist ebenso. Er hat mich mit seiner Abneigung gegenüber Feiern jeder Art und Geburtstagsfeiern insbesondere leider etwas infiziert. Dabei habe ich das früher völlig anders gelebt. Tragischerweise verstand er erst an seinem letzten Geburtstag, am 28. Mai, also unmittelbar vor seinem Tod am 9. Juni, dass das Feiern nicht dem Älterwerden gilt, sondern der Freude darüber, dass die Person existiert, dass sie geboren wurde. Seine tiefsitzende Aversion entstand in einer Familie, in der er angesichts von zahlreichen ungeklärten Konflikten, dem plötzlichen Ausdruck freudvoller harmonischer Gefühle an einem bestimmten Datum zutiefst misstraute. Er hielt sie für verlogenes Theaterspiel.

Letztlich hat das dazu geführt, dass im Laufe der Jahre sämtliche festlichen Anlässe farblos wurden. Dabei hat es mir immer große Freude gemacht, ihn zu beschenken, mit besonderen Dingen zu überraschen. Und auch er liebte es, mich zu beschenken, einfach so, eben beiläufig.

Roswitha schlägt vor, dass wir japanisch essen gehen.

Ostersonntag, 31.3.

Im Ephraim-Palais gibt es die Ausstellung „Verfemt, verfolgt – vergessen? Kunst und Künstler im Nationalsozialismus". Ich liebe es, an freien Tagen früh unterwegs zu sein, wenn die Stadt allmählich wach wird und es noch nicht allzu sehr lärmt und rumort. Als ich ankomme, sind zunächst kaum Besucher dort, so dass ich mir alles in Ruhe und mit Pausen ansehen kann. Es werden Werke von 400 Künstlern gezeigt, von denen mir die meisten unbekannt sind. Darunter viele kühne, farbstarke Bilder von großer Expressivität und Modernität. Das Bild „Der Sieger" von Georg Netzband zeigt ein Skelett in Generalsuniform, deren blutrotes Futter die triumphierende Pose auf einem Leichenberg noch unterstreicht, mitten im zerstörten Berlin. Ein ungeheures Bild, kurz vor Ausbruch des Zweiten Weltkrieges gemalt.

Im Laufe der Jahre habe ich es als unveränderbar hinnehmen müssen, dass Wilfried mir bei diesen Streifzügen und Entdeckungen immer schmerzlich fehlen wird. Es gibt wahrscheinlich Menschen, die alles aus sich selbst schöpfen können. Ich kann das nicht. Um Gesehenes und Erlebtes tief aufzunehmen und als *wirklich* festzuhalten, brauche ich Austausch, Diskussion, Kritik oder Korrektur. Fridu war auch in dieser Hinsicht ein ungemein lebendiges, eigenwilliges Gegenüber, anregend, oft sprühend vor Ideen, originell in seiner Wahrnehmung und im Denken und streitlustig. Vor allem aber war er stets an meiner Meinung, meiner Wahrnehmung interessiert und forderte mich dazu auf, gründlich nachzudenken, Wertungen kritisch zu überprüfen.

Oft male ich mir aus, was er zu diesem oder jenem Geschehen, zu Veränderungen und Entwicklungen sagen würde. Nicht immer finde ich ein überzeugendes Echo. Es hilft, Freunden von Erlebnissen zu erzählen oder sie aufzuschreiben. Wenn beides nicht geschieht, gewinnen Eindrücke nicht das angemessene Gewicht, bleiben oberflächlich, hinterlassen kaum Spuren im Gefühl und laufen überhaupt Gefahr, schnell in Vergessenheit zu geraten. In diesem Geschehen taucht unweigerlich die Frage nach der Qualität des eigenen Lebens auf, denn die Vielzahl der äußeren Bewegungen beinhaltet eben keineswegs selbstverständlich eine innere Fülle. Ohne tiefe emotionale Verankerung bleibt es nicht wirklich gelebtes Leben. Die Aufgabe, für den Wirklichkeitsgehalt meiner Lebensbewegungen selbst zu sorgen, empfinde ich auch nach 13 Jahren mitunter noch als sehr schwierig.

Nach dem Ausstellungsbesuch spaziere ich noch ein wenig im Nicolai-Viertel herum, gehe im „Block House" essen und fahre von der Friedrichstraße aus mit der S-Bahn nach Hause. Abends gönne ich mir wieder eine DVD, ein Musikabend, der russischen Komponisten gewidmet ist. Claudio Abbado dirigiert und Helene Grimaud spielt.

Ostermontag, 1.4.

Das Wetter lässt es endlich wieder zu, dass ich mit dem Rad einen Ausflug zum Martin-Gropius-Bau mache, um mir die Ausstellung aus der Sammlung Bayer anzusehen. Anschließend nach Steglitz zum Kieser Training und mit dem Rad nach Hause. Bin erschöpft, aber zufrieden.

Am Abend treffe ich Uta Sax und Jürgen Thormann im „Ferrara". Wir sprechen über Lissabon und stellen fest, dass sie ihre Portugal-Reise nun doch zu einem anderen Zeitpunkt geplant haben als ich. Beide gehörten lange Jahre dem Schauspielensemble des Schillertheaters an, bis es – zum Entsetzen der West-Berliner Bevölkerung – einfach geschlossen wurde. Jürgen ist mit seiner unverwechselbaren markanten Stimme zudem ein viel beschäftigter Synchronsprecher, arbeitet jedoch längst auch selbst als Regisseur. Momentan inszeniert er ein Stück am Renaissance-Theater. Sicher werde ich mir eine Vorstellung anschauen. Uta, die eine wunderbare Gesangsstimme hat, erarbeitete eigene Programme für die Bühne. Sie studiert intensiv das Leben der Königin Luise von Preußen, um aus dem Material einen

Theaterabend zu gestalten. In bester angeregter Stimmung gehe ich zu später Stunde nach Hause.

Freitag, 5.4.
Nach einer sehr arbeitsintensiven Woche haben Lea Levy und Silvia Bäker mich an den Koppenplatz eingeladen, damit ich veganes Essen kennenlerne. Lea ist nicht nur langjährige Freundin, sondern auch Physiotherapeutin in eigener Praxis. Sie behandelt mich seit vielen Jahren mit Shiatsu. Ihrem Rat vertrauend, ließ ich mir in der Charité von Professor Perka im August 2012 ein neues Knie verpassen. Die Reha machte ich unter ihrer durchaus strengen Anleitung zu Hause und kann – oh Wunder – seitdem wieder schmerzfrei laufen. Als Fridu noch lebte, hat sie auch ihm geholfen, bewusster mit seinem großen Körper umzugehen, so dass seine Rückenprobleme verschwanden.

Das Restaurant ist in kurzer Zeit bis auf den letzten Platz besetzt. Ich finde es dadurch ein bisschen laut, aber das Essen ist in der Tat lecker. Lea und Sylvia sind beide auch Ernährungsberaterinnen, forschen und experimentieren ständig weiter. Neulich habe ich endlich auch einmal einen Beitrag zum Thema gesunde Ernährung leisten können, indem ich Lea mit dem Buch von Victoria Boutenko „Grüne Smoothies" bekannt machte. Inzwischen trinken wir allmorgendlich begeistert einen Früchte- und Gemüsemix, wobei ich, anders als die beiden, mehr Obst, vor allem Bananen, Kiwi, Mango und Apfel, in die Höllenmaschine werfe, aber es sind stets auch Spinat, Feldsalat und Petersilie mit von der Partie.

In der Nacht träume ich, dass ich mit Fridu ins Kino gehe. Wir sind in der Schlüterstraße in dem kleinen alten Kino, das längst nicht mehr existiert. Hier haben wir uns nächtelang sämtliche Italowestern mit der Musik von Ennio Morricone angeschaut. Kaum sitzen wir, dreht er sich um und sieht plötzlich Fritzi, eine frühere Freundin von ihm, springt auf und geht einfach weg. Ich bleibe sitzen und warte auf den Film. Später treffe ich Fritzi auf der Toilette. Als sie sich die Hände abtrocknet, sieht sie mich. In dem Moment betreten einige andere

Frauen den Waschraum der Toilette. Fritzi und ich brechen lauthals in Gelächter aus. Wir lachen uns schief. Fridu bleibt verschwunden. Seltsam. Ich bin sicher, dass es ihm sehr gefallen würde, dass er noch so viel Raum in meinen Träumen einnimmt und immer lebendig agiert.

Samstag, 6.4.

Vormittags Besuch bei Monika H.. Vor etwa einem Jahr trafen wir uns zufällig auf einem Fest in der Domäne Dahlem wieder. Viele Jahre hatten wir uns aus den Augen verloren. Mit ihr und ihrem damaligen Lebensgefährten Klaus O. wohnten Fridu und ich die ersten Jahre unserer Beziehung im Devrientweg 18 in Lichterfelde, in einem Haus mit Garten. Es waren die 70er Jahre, die Zeit der Studentenbewegung und des Aufbruchs ins Freie und Neue. Ich begann gerade mit dem Psychologiestudium am Linken Institut, geprägt von der Kritischen Psychologie Osterkamps/Holzkamps. In den Räumen des Instituts an der Grunewaldstraße in Steglitz liefen die Windhunde von Professor Schubenz durch die Gegend. Während der Vorlesungen und in den Seminaren wurden Kinder gestillt, Sachen gestrickt, Demonstrationen vorbereitet, wurde wild geflirtet und nebenbei auch studiert. Klaus O., Monikas Partner, war damals noch Schauspieler und spielte in einem surrealistischen Stück am Theater am Kurfürstendamm. Seine Rolle verlangte von ihm, in einem Käfig herumzuturnen. Wilfried arbeitete als Assistenzprofessor für Mathematik und Betriebswirtschaft an der Fachhochschule für Wirtschaft, beendete seine erste Promotion und war gleichzeitig damit beschäftigt, noch Psychologie zu studieren, um mit mir zusammen therapeutisch arbeiten zu können. Monika gründete sehr engagiert ihren eigenen Kinderladen. Alle zusammen nahmen wir an Schulungen in einer therapeutischen Gruppe teil, die von dem Schweizer Josef Rattner gegründet worden war. Hier fanden in großer Runde spannende Diskussionen zu Themen aus den Bereichen Psychoanalyse und Psychotherapie, Literatur, Religion, Politik und Philosophie statt. Anfangs herrschte in diesem Kreis ein humorvoller, offener, fortschrittlich gesinnter, freiheitlicher Geist, bis leider irgendwann durch den Leiter unannehmbare autoritäre Strukturen Einzug hielten. Fridu, ich und andere „Kritiker" mussten gehen. Damals waren Monika und Klaus bereits getrennt. Wir verloren uns aus den Augen.

Bei unserem zufälligen Treffen in Dahlem erzählte sie, während wir im „Alten Dorfkrug" saßen, von ihrem neuen Partner, der bereits seit Jahren im Koma liegt und dessen Pflege sie viel Kraft kostet. Über all das, berichtete sie mir, habe sie auch Bücher geschrieben.

Irgendwann in jenem Sommer war sie einmal zu Besuch bei mir im Garten. Kurze Zeit später erhielt ich Post mit der Einladung zu einer großen Abschiedsfeier, ihr Mann war verstorben. Neben aller Trauer bewegte Monika nun auch die Vorfreude auf endlich selbst gestaltete Lebenszeit. Ein halbes Jahr später erhielt ich einen Anruf, dass Monika einen Schlaganfall erlitten habe und sich in einer Klinik außerhalb von Berlin zur Reha befände. Nach langen, mühevollen Maßnahmen und der bewundernswerten Wiederaneignung von Fähigkeiten war sie jetzt in ihre Wohnung zurückgekehrt.

Mit dem Rad fahre ich den Teltower Damm entlang bis zu ihrer Wohnung, die so eingerichtet ist, dass sie sich auch mit Rollstuhl dort bewegen kann. Monika hat Frühstück vorbereitet und viel von unglaublichen Erlebnissen zu erzählen. Es sind viele hilfreiche Menschen in ihrer Nähe. Trotzdem schildert Monika nachfühlbar, wie schwer es ihr als ehemals sehr unabhängiger, selbstbestimmter Person fällt, immer wieder mit totaler Abhängigkeit und Hilflosigkeit konfrontiert zu sein. Sie ist eine Kämpferin, und man kann ihr nur wünschen, dass sie sich von ihrer eigenen Ungeduld nicht unterkriegen lässt. Wir sprechen über „alte Zeiten". Nach zwei Stunden merke ich, dass der Besuch sie ermüdet und verabschiede mich. Beim Nach-Hause-Radeln geht mir ständig im Kopf um, welche grausamen Zumutungen und Härten das Leben für viele Menschen bereithält.

Abends gehe ich mit Roswitha und Eberhard im „Ferrara" essen. In der Nacht liege ich wach und denke an die Begegnung mit Monika. Was wäre wohl aus uns geworden, wenn Fridu nicht gestorben, sondern ins Koma gefallen wäre oder im Rollstuhl sitzen müsste? Ich finde keine Antwort.

Montag, 8.4.

Nach einem siebenstündigen Therapietag fahre ich abends in die Komische Oper, um Maria Farantouri in Begleitung von Taner Akyol, einem jungen türkischen Musiker, zu hören. Akyol ist sowohl Komponist als auch Sänger. Zudem spielt er die Baglama. Als sie, von zwei Männern gestützt, auf die Bühne kommt, bin ich ein wenig in Sorge, wie der Abend verlaufen wird. Aber sobald sie anfängt zu singen, klingt die Stimme fast alterslos. Erinnere mich an ihre Auftritte mit Mikis Theodorakis. An diesem Abend verbinden sich Neues und Altes. Sie wird nicht nur von Taner Akyol, sondern bei einigen Liedern auch vom Klavier begleitet, dann wieder von dem Berlin Philharmonic Chamber Orchestra. Erst nach etlichen Zugaben entlässt das begeisterte, dankbare Publikum die Künstlerschar.

Freitag, 12.4.

Früh zum Theodor-Heuss-Platz. Zahnarzttermin und später Augenarzt. Mein rechtes Auge weint still vor sich hin. Seit einer Augen-OP, bei der mir neue Linsen eingesetzt wurden, hört das rechte Auge nicht auf, empfindlich zu reagieren. Gunnar Norderhus, unser früherer Nachbar aus der Reichsstraße und immer noch mein Augenarzt, versucht nun schon lange, die Ursache zu finden. Augendruck ist immer o.k., die Netzhaut und der Sehnerv sind es ebenfalls. Jetzt bleibt nur noch die Möglichkeit, eine allergische Reaktion abzuklären.

Samstag, 13.4.

Das Unvorstellbare ist eingetreten, der Winter hat endgültig kapituliert. Mein Hunger nach Grün und Farbe ist enorm, und so fahre ich mit dem Rad nach Wannsee zu „Mutter Fourage", um Pflanzen zu kaufen. Zu Hause beginne ich gleich, den Balkon oben und die Töpfe auf der Terrasse neu zu bepflanzen. Nach der langen Eiswüstenzeit ist der Anblick der zarten blau und lila blühenden Blumen zwischen dunkelgrünem Efeu unendlich wohltuend und heilsam.

Am Nachmittag erledige ich Anrufe und Post.

Wenn ich am Schreibtisch oder Computer sitze und ein bestimmtes

Foto von Fridu anschaue, muss ich nach einer Weile lächeln, weil er so aussieht als ob er im nächsten Moment in sein schallendes Gelächter ausbrechen wird. Nie werde ich aufhören, das zu vermissen.

Sonntag, 14.4.

Früh um Neun zum Kieser Training. Anschließend mit dem Rad zurück. Später notwendige Hausarbeiten. Am Abend langes intensives Lesen in dem Buch von Carolin Emcke „Von den Kriegen – Briefe an Freunde". Frage mich, wie sie das schafft. Wo mögen ihre Kraftquellen liegen, um immer wieder in Krisen- und Kriegsgebiete zu fahren und darüber zu berichten, was mit den Menschen *wirklich* geschieht? Ungeheuerlich. Manchmal stockt mir buchstäblich der Atem, und ich kann nicht weiter lesen. Bei den monatlichen „Streitgesprächen" in der Schaubühne am Lehniner Platz erlebe ich sie als Moderatorin dieser hochklassigen Veranstaltungen. Um welches brennende aktuelle Thema es immer auch gerade geht, sie ist von einer enormen Präsenz, vibriert vor Konzentration, bezieht jeweils klar Stellung, ist dabei humorvoll und scheinbar gänzlich uneitel. Bei einigen Fragen oder Stellungnahmen aus dem Publikum spüre ich manchmal bei ihr eine unterschwellige Ungeduld. Kann mir gut vorstellen, dass sie nach allem, was sie erlebt hat und ständig weiter erlebt, für irgendwelche Machtspielchen oder narzisstische Attitüden keinen Nerv und keine Zeit mehr hat.

Spätabends noch ein langes Telefonat mit Margret Laakmann, meiner Lehrerin aus Kindertagen, der ich so unendlich viel verdanke. Vor allem die Freude am Lernen.

Donnerstag, 18.4.

Claudia Schneeweiß hat mich um 17.30 Uhr zu einer Ausstellung ihrer Bilder im Institut für Bautechnik eingeladen. Beim Betrachten der farbstarken Landschaftsbilder und Stillleben wird deutlich, dass sie eine erstaunliche Entwicklung gemacht hat. Ich habe noch einige der frühen Arbeiten vor Augen und bin total begeistert. Unter den zahlreichen Besuchern treffe ich etliche bekannte Gesichter. Claudia und ihr Mann Christian Schäfer freuen sich offenbar wirklich, dass ich gekommen bin. Claudias ehemaliger Lehrer eröffnet die Ausstellung mit anerkennenden Sätzen. Nina und Peter, mit denen ich hier verabredet bin, fühlen sich ebenfalls von den Bildern angesprochen.

Freitag, 19.4.

Den ganzen Tag Sitzen am Schreibtisch, um für einzelne Therapien Verlängerungsberichte zu schreiben. Zwischendurch Erholung beim Hören von Arien aus Mozarts „Figaro". Lege mich auf den Boden und schließe die Augen, um die Musik ganz tief einzuatmen. Überirdisch schön.

Lasse Bilder von früher zu, in denen Fridu und ich auf dem Riesensofa liegen (längst verschenkt) und gemeinsam Musik hören, um uns anschließend wechselseitig zu erzählen, was wir beim Hören empfanden, welche Farben oder Bilder die Musik in uns auslöste. Er liebte Liszt, Schubert und Schuhmann, aber auch Rock und Pop.

Abends gehe ich in die Urania, um einen Vortrag von Gabriela und Werner Kieser zu hören. Es geht um die Funktionsweise einer neuen Maschine in ihrem Programm für das Beckenbodentraining. Gabriela, Ärztin, verbindet ihre Ausführungen mit Hinweisen auf die Steigerung von Lustfähigkeit in der Sexualität. Werner erzählt anschließend von den Anfängen seines Unternehmens bis heute. Beide tragen in ihrem leichten Schweizer Akzent souverän und humorvoll vor. Der große Saal ist total voll. Von den verschiedenen Kieser Trainingszentren in der Stadt sind Mitarbeiter anwesend. Von der Teltowkanalstraße in Steglitz, wo ich regelmäßig trainiere, sehe ich auch einige bekannte Gesichter. Fridu würde nicht schlecht staunen, wenn er wüsste, dass ich seit über zehn Jahren regelmäßig Krafttraining mache, täglich Rad fahre und inzwischen auch wieder laufe.

Samstag, 20.4.

Ich bin mit Werner Kieser und seiner Frau Gabriela im „Adina Hotel" am Hackeschen Markt zum Frühstück verabredet. Werner und ich kennen uns seit 40 Jahren, haben uns aber zuletzt Mitte der 70er

Jahre in Zürich gesehen. Damals besuchten Fridu und ich dort regelmäßig psychologische Kongresse und wohnten bei Freunden im gleichen Haus wie Werner und seine damalige Frau. Leider ist die Entwicklung der „Zürcher Schule" schon vor vielen Jahren in einem Riesendesaster geendet.

Die jetzige Begegnung zwischen uns verläuft so freundlich und interessiert, als ob nicht viele Jahre vergangen wären. Wir sprechen über uns, über alte Bekannte und ich erfahre dabei auch vom Tod einiger Menschen. Werner wirkt auf mich immer noch wie damals, mit einer ruhigen, kraftvollen Präsenz und dabei kein bisschen eingebildet ob seines riesigen Erfolges. Das von ihm und Gabriela entwickelte Gesundheitskonzept, bei dem die Stärkung der Rückenmuskulatur von zentraler Bedeutung ist, wird inzwischen bereits in mehreren Ländern angeboten. Gegen Mittag verabschieden wir uns. Beide laden mich ein, sie zu besuchen, falls ich wieder einmal in die Schweiz reise.

Nach einer Pause zu Hause, fahre ich am Abend noch einmal in die Stadt, um im Kino „Central" am Hackeschen Markt den Film „Take this Waltz" mit Michelle Williams zu sehen. Bin hingerissen von ihrem überzeugenden Spiel in der Rolle einer jungen Ehefrau, die sich trotz aller Skrupel in einen anderen Mann verliebt.

In der Nacht träume ich davon, Sex mit Fridu zu haben. Beim Streicheln über seine Hose wird der Schwanz sofort steif. Ich spüre starke Lust und will mich auf ihn setzen, aber irgendwie geht es nicht. Wir sind beide traurig und frustriert. Mit dem Gefühl der Enttäuschung werde ich wach. Es wäre tatsächlich schön, im Traum wieder einmal einen Orgasmus zu erleben.

Zwei Jahre nach Wilfrieds Tod, nachdem ich das erste Abschiedsbuch veröffentlicht hatte, fand ich unter seinen Unterlagen umfangreiches Manuskriptmaterial zum Thema „Die Sexualität des Mannes". Da ich wusste, dass er als nächstes Projekt daran arbeiten wollte, gab ich 2002 an seiner Stelle das Buch „Die Erotik des Mannes – Zwischen Sehnsucht und Erstarrung" heraus.

Mir ist nach seinem Tod das erotisch sexuelle Begehren wie eine Flamme erloschen. Lange war der körperliche Schmerz über seine

Abwesenheit so groß, dass an Lust überhaupt nicht zu denken war. Die Erinnerungen daran reichten aus. Später kam eine Zeit, in der ich es bedauerte, dass in den letzten Jahren meine sexuellen Bedürfnisse mit seinen Möglichkeiten nicht mehr zusammenpassten. Seine Diabetes-Erkrankung hatte Folgen. Um ihn nicht zu verletzen, hielt ich Wünsche zurück. Nie wäre ich auf den Gedanken gekommen, ihm vorzuschlagen, doch einmal Viagra zu versuchen. Das hätte von ihm selbst kommen müssen. Es gab zudem andere Formen, sich Lust zu bereiten und zu befriedigen.

Nach 32 Jahren des intensiven Zusammenlebens hielt ich es außerdem auch nicht für beunruhigend, dass sich der sexuelle Appetit veränderte. Erschütternd und tief kränkend war dann aber die Erfahrung, von seiner zeitweiligen erotischen Besessenheit nichts gewusst zu haben. Erst im Nachhinein konnte ich mir manche unverständliche Situationen, mangelnde Offenheit und distanzierte Haltungen erklären. Es muss in dieser Zeit gewesen sein, als ich öfter Herzschmerzen spürte und eine Trauer, für die ich manchmal Worte fand und ihn fragte: „Du bist so weit weg. Vielleicht willst du noch einmal ein anderes Leben leben? Sag es mir." Und zur Antwort erhielt ich: „Unsere Beziehung ist noch lange nicht ausgeschöpft."

Nach seinem Tod fand ich bei Aufräumarbeiten jene geheime „Liebesakte" mit Briefen und Fotos. Ich reagierte zunächst nur verwirrt, dachte, dass er dann eben für sich noch etwas Schönes erlebt hat und wollte in meiner grenzenlosen Trauer auch nicht abgelenkt werden. Als ich später aber in der Befragung von Freunden, mit denen wir häufig zusammen waren, feststellen musste, dass sie es die ganze Zeit gewusst hatten, mich durch ihr Schweigen vermeintlich schützen wollten, hinterließ das tiefe Spuren von bitterer Kränkung.

Es gab noch einen weiteren Fund, eine Tonbandaufzeichnung mit einem Gespräch zwischen Wilfried und einigen Mitarbeitern über diesen in ihren Augen „Skandal", da es sich bei der Frau um eine Klientin von ihm handelte. Beim Abspielen der Kassette hörte ich die Angst in Wilfrieds Stimme, als er davon erzählt, dass es tatsächlich ein Verhältnis gegeben hat. Inzwischen sei aber aus der Liebesgeschichte eine Hassgeschichte geworden. Deswegen sei er in die WG der Frau gegangen, um den Wahnsinn zu beenden. Er sei in einem ungeheuren Maße enttäuscht von ihr und in großer Angst vor den Reaktionen. Die Betreffende habe ihn lange Zeit intensiv umworben, und zu einem Zeitpunkt, in der ihm in unserer Beziehung Zärtlichkeit gefehlt habe, sei er schließlich darauf eingegangen. Er habe sich dann allmählich verguckt und jeden Funken Menschenkenntnis ausgeblendet, nicht bemerkt, dass es nicht um Liebe, sondern um Macht ging. Ihm sei bewusst, dass er als älterer Mann sich zum Hanswurst gemacht habe und verachte sich dafür. Er sei in ein Versteckspiel gezwungen worden, was er nicht mehr mit sich vereinbaren konnte. Das Ganze sei ein Riesenfehler gewesen. Es habe aber eine Zeit gegeben, in der er sich das nicht habe ausreden lassen wollen. Verschiedene Motive kollidierten miteinander. Im Übrigen sei er mit mir seit über 30 Jahren zusammen, und in dieser Zeit habe er sich zweimal in eine andere Frau verliebt, sei also keinesfalls ein Casanova oder dergleichen.

Der Ansturm von Empfindungen, den das Unerhörte in mir auslöste, zu einer Zeit, in der ich mich vor Schmerz über seinen Tod kaum zu halten wusste, ist nur schwer in Worte zu fassen. Mitten in ein Gefühl von Amputation durch den Verlust fühlte ich mich verraten, von ihm, von Freunden. Jeglicher sichere Boden, auf dem ich mich vermeintlich befunden hatte, war zerstört. Gleichzeitig wütete in mir eine flammende Empörung, nicht wegen der Liebschaft, sondern der Tatsache, dass es eine Klientin gewesen war, er sich einfach selbstherrlich über ein Berufstabu hinweggesetzt hatte. Und in all den emotionalen Verflechtungen und Verstrickungen steckte nicht zuletzt noch Mitleid mit ihm, dass er in ein solch existentielles Desaster geraten und offenbar dabei war, blindwütig sein Leben zu zerstören. Ich selbst musste mich mit falscher, eitler Selbstgewissheit konfrontieren, weil ich es niemals für möglich gehalten hätte, dass *mir* so etwas zustoßen würde.

Und ich fand noch etwas: vier dicht beschriebene DIN A4-Seiten mit dem Datum vom 26.5.2000. Liebesgedichte für mich, zwei Tage nach meinem Geburtstag und 14 Tage vor seinem Tod. Sie lagen zusammengefaltet in seinem Exemplar von meinem Buch über Lou Andreas Salomé, das 2001 erschienen war, was er aber erst Anfang des Jahres zu lesen begonnen hatte.

All das zu entwirren, es zumindest ansatzweise zu verstehen, einzuordnen in meine Wahrnehmung jener Zeit, brauchte Jahre. Von heute aus betrachtet würde ich mir selbst die Diagnose „schwere Belastungsstörung" attestieren. Mitunter fühle ich die Folgen noch immer.

Donnerstag, 25.4.

Am Nachmittag kommt Gärtner Wannagat, um zu sehen, wo die neuen Bambusbäume gepflanzt werden müssen. Nach dem harten Winter sind einige vertrocknet oder sogar erfroren. Zum Glück haben die Riesenbäume in der Nähe des Hauses überlebt. Fridu würde jammern und klagen, wenn er sehen würde, dass die beiden Kiefern wegen Einsturzgefahr geschlagen wurden. Er hasste es, wenn etwas geschnitten werden sollte. Vergeblich haben Thomas und Andreas, die vor Jahren den blauen Garten für ihn angelegt und gestaltet haben, ihm zu erklären versucht, dass Pflanzen ab und an zurückgeschnitten werden müssen, um wachsen zu können.

Freitag, 26.4.

Nach Klempnerarbeiten in der Frühe fahre ich in den Martin-Gropius-Bau, um die Itten-Klee-Ausstellung zu sehen. Einige Überraschungen und schöne neue Entdeckungen erwarten mich. Nachmittags hat Sophie, die heute 11 Jahre alt wird, ein Konzert, zu dem ich eingeladen bin.

Am Abend sehe ich im „Capitol" in Dahlem den Film „The broken Circle" an. Die Wucht des Inhalts und die Intensität des Spiels sind verstörend. Sie hauen mich um. Gezeigt wird zunächst die behutsame Annäherung von zwei ungewöhnlichen Menschen. Der Mann ein wild aussehender Folkmusiker, ein Outlaw, der in einer Band spielt und singt, die Frau eine zarte, ungewöhnliche Schönheit mit großflächigen Tattoos. Sie führt ein eigenes Studio für Körpertätowierungen.

Die beiden werden zu einem leidenschaftlichen Liebespaar. Die Frau beginnt, in der Band mitzusingen. Sie sind äußerst erfolgreich, bis die Frau schwanger wird und ein Kind kommt, das der Mann zunächst nicht will, weil er keine Veränderung in seinem freien Leben möchte. Aber schließlich gibt es doch eine glückvolle Zeit zu dritt, bis das Kind an Blutkrebs erkrankt und den Kampf gegen die Krankheit verliert, woran die Paarbeziehung letztlich zerbricht. Trauer und Schmerz in den Liedern, die beide nach dem Tod des Kindes mit der Band singen, sind kaum zu ertragen. Die Schauspieler singen selbst, ihre Melodien brennen sich ein.

Samstag, 27.4.

Am Vormittag um 10 Uhr kommt die Journalistin Rosvita Krausz zu einem Interview über Andreas Altmann, der gerade ein Buch mit dem Titel „Das Scheißleben meiner Eltern" veröffentlich hat. Er hat ihr die Mails zu lesen gegeben, die wir uns zu der Zeit geschrieben haben, als ich in einem Sommer an dem Buch „Schattenjagd" schrieb und zur Entspannung und Abwechslung seine ungewöhnlichen Reisebücher las.

Andreas Altmann ist eine vielfarbige, schillernde Persönlichkeit mit einer brutalen katholischen Herkunftsgeschichte voller Gehirnwäsche und Gewalt, aus der er sich, nach verzweifeltem Suchen und etlichen vergeblichen Anläufen, schließlich durch das Schreiben befreien konnte. Inzwischen ist er längst ein erfolgreicher Bestsellerautor, der sein Leben reisend lebt und darüber jeweils sehr persönlich berichtet. In der Zeit, als wir intensiven Mailkontakt pflegten, lernte ich ihn als einen Menschen kennen, der nicht nur zahlreiche Gesichter hat, sondern Gefühle auch hinter Zynismus, Charme und Ironie versteckt.

Rosvita Krausz ist mir auf Anhieb sympathisch. Es gefällt mir, wie diese schmale, zarte Person ihr rotes Haar wild trägt und voll mit Quecksilbrigkeit und Neugierde geladen ist. Der Kontakt fühlt sich erstaunlich rasch wie vertraut an. Rosvita ist durch zahlreiche ungewöhnliche Features im Radio bekannt und mit Preisen ausgezeichnet.

Sie baut erst einmal ihr Stativ und Mikro auf. Das Interview mit Fragen zu meiner Einschätzung der Persönlichkeit von Andreas Altmann und den möglichen Gründen für die enorme Aufmerksamkeit, die er erhält, sowohl im positiven als auch negativen Sinn, verläuft zügig.

Danach bittet sie mich, Fotos machen zu dürfen, weil ihr das Haus, die besondere Architektur von Edgar Wisniewski, der ein Scharoun-Mitarbeiter war, so gut gefällt. Da wir Spaß daran haben, miteinander zu reden und sie noch einen Tag in Berlin ist, bevor es zurück nach Hamburg geht, verabreden wir uns für den nächsten Tag.

Sonntag, 28.4.

Am Vormittag gärtnere ich auf dem Balkon, lese Zeitung und genieße den Garten. Kurz nach Eins treffe ich Rosvita Krausz im „Ferrara" zum Mittagessen. Da die Sonne gerade schön scheint, entschließen wir uns, draußen zu sitzen. Später wird es trotz der Decken, in die wir uns eingehüllt haben, empfindlich kühl. Aber weil das Gespräch so lebhaft spannend ist, bleiben wir sitzen. Wir sprechen ziemlich bald auch über Privates. Da Rosvita durch ihre Recherchen mit vielen Psychologen zu tun hat, gibt es auch gemeinsame Bekannte. Als wir uns verabschieden ist klar, dass wir in Kontakt bleiben wollen.

Mittwoch, 1.5.

Aus einem Traum, in dem Fridu lange mit einer mir unbekannten Frau telefoniert, wache ich völlig zerschlagen auf. Sein Inhalt: Wir haben Besuch von Christoph Schlingensief, der uns zwei Katzen, die wie kleine Jaguare aussehen, im Käfig anvertraut, weil er zum Zahnarzt um die Ecke muss. Ich rede mit ihm über einen Essay von Henryk M. Broder und sage: „Nach langer Zeit wieder einmal scharf und klug zuschlagend." Es ging in dem Essay nicht um Israel oder Palästina, sondern um Flüchtlingspolitik. Schlingensief scheint die Frau zu kennen, mit der Fridu telefoniert, sagt zu ihm: „Die ist toll" und geht zum Arzt. Mich packt plötzlich eine solche Wut und Verzweiflung, dass ich Wilfried anschreie und brülle: „Ist es wieder einmal so weit? Jetzt ist endgültig Schluss", trommele dabei auf seine Brust, schlage ihn wie wild und werde so wach. Mir ist schlecht, und ich bin aufgeregt. Nach 13 Jahren der erste Traum, in dem ich auf ihn wütend bin und mich wehre.

Mein ursprünglicher Plan, eine Radtour nach Potsdam zu machen, scheitert an dem Gefühl, dass ich zu angeschlagen bin. Irgendetwas Ungutes scheint im Anmarsch zu sein. Bleibe also zu Hause, telefoniere mit Freunden und lese. Kann mich nicht konzentrieren. Versuche, eine bisschen Radio zu hören. Nichts funktioniert.

Donnerstag, 2.5.

Über Nacht ist aus den diversen Symptomen tatsächlich eine echte Erkältung geworden. Der Schädel hämmert, der Hals ist kratzig, die Stimme kiekst ab und zu weg und ein trockener Husten komplettiert das Vergnügen. Die Therapiestunden am Vormittag schaffe ich gerade noch, mit viel trinken und Hustelinchen-Bonbons lutschen. Danach lege ich mich wieder ins Bett. Rosi hat mir gleich ihre berühmte gehaltvolle Hühnersuppe gekocht, und nun fühle ich mich wunderbar umsorgt und versorgt. Versuche ein bisschen im „Spiegel Magazin" zu lesen, schlafe aber über einem Artikel ein und bis zum nächsten Morgen durch.

Träume völlig unpassendes Zeug: Wir sind irgendwo in einer schönen Landschaft, und ich denke, Fridu und ich müssen wieder joggen. Habe große Lust und laufe einfach los, bis ich plötzlich mit dem Gedanken innehalte, dass es vielleicht für ihn zuviel ist.

Freitag, 3.5.

Heute fliegt Rosi mit ein paar Frauen für ein Wochenende nach Marrakesch. Bin gespannt, wie es ihr gefällt. Ich fühle mich immer noch etwas angeschlagen, aber durch das ausgiebige Schlafen doch schon wieder kräftiger. Zumindest ist der Husten weg. Nach einem Gang über den Wochenmarkt, bei dem ich Blumen, Obst, Gemüse, Fisch und Brot einkaufe, lege ich mich wieder hin. Beginne mit den Tagebüchern von Fritz J. Raddatz. Ein Feuerwerk.

Samstag, 4.5.
Lese den ganzen Tag Raddatz und sehe durchs große Fenster, dass Thomas am Nachmittag meinen Rasen mäht. In der Nacht zum Sonntag träume ich Seltsames: Fridu und ich sind mit einer Gruppe Menschen unterwegs. Es geht uns gut. Plötzlich kommt er kleinlaut auf mich zu. Ich spüre, dass er etwas fragen möchte, was ihm nicht leicht fällt. Schließlich rückt er damit heraus, dass er für ein wichtiges Projekt Geld benötigt, was er gerade nicht hat. Ich überlege kurz und frage, ob ihm 15.000 Euro helfen würden. Er ist total erleichtert und meint: „Die Summe ist perfekt, das rettet mich."

Völlig erstaunt über das Traumgeschehen werde ich wach und denke, dass Fridu doch meist sehr viel mehr Geld hatte als ich und wir beide stets finanziell unabhängig voneinander waren. Gleichwohl war er von einer seltenen Großzügigkeit. Einmal, ich erinnere mich noch sehr genau, verlor ich meine Geldbörse mit einem ganzen Wochenverdienst. Anstatt mir Vorwürfe zu machen, fragte er nur, wieviel Geld es gewesen sei, und ersetzte mir sofort den ganzen Betrag. Überhaupt konnte er mich in aufregenden Situationen wunderbar beruhigen. Wie sehr mir das alles fehlt.

Sonntag, 5.5.
Der Schauspieler Jürgen Holtz bekommt heute um 12 Uhr in der Freien Volksbühne den diesjährigen Theaterpreis der Stiftung Preußische Seehandlung verliehen. Ich fühle mich so, dass ich mit Roswitha und Eberhard hingehen kann. Jürgen Holtz hat wunderbar grantelnde, misanthropische Charaktere gespielt, z.B. „Motzki", aber 2007 auch den Buttler in Peter Steins Inszenierung von „Wallenstein". Wenn ich es richtig erinnere, spielte der junge Alexander Fehling, inzwischen erfolgreicher Bühnen- und Filmschauspieler, seinen Sohn. Heute halten nach der offiziellen Begrüßung Hermann Beil, Robert Wilson und Klaus Maria Brandauer Lobreden auf den Schauspieler. Angela Winkler singt ihm das Lied „Im wunderschönen Monat Mai" vor. Ein Shakespeare Sonett wird von jungen Schauspielern, unter denen auch Alexander Fehling ist, vorgetragen, und nachdem Klaus Wo-

wereit bei der Überreichung des Preises noch lobende Worte findet, darf Jürgen Holtz das Schlusswort sprechen. Wir gehen anschließend vergnügt im „Ferrara" essen.

Donnerstag, 9.5.

Rosi ist von ihrer Reise zurück. Es ist Christi Himmelfahrt und daher eigentlich ein Sonntag. Beim gemeinsamen Frühstück erzählt sie von ihren Eindrücken und wie sehr es ihr trotz der Kürze der Zeit gefallen hat. Anschließend fahre ich zum Gendarmenmarkt, um mir im Nolde Museum die neue Ausstellung anzuschauen. Am Abend sind Rosi und Thomas zu einer Filmpremiere eingeladen. Ich hüte die Kinder. Wir erzählen uns erst ein bisschen, essen gemeinsam zu Abend und schauen dann einen Film. Der Ferdi Kater liegt in seinem Sessel und schläft tief und fest. Nachdem die Kinder ins Bett verabschiedet sind, lese ich noch, bis Rosi und Thomas nach Hause kommen.

Freitag, 10.5.

Die Akademie der Künste am Pariser Platz macht zum 80. Jahrestag der Bücherverbrennung einen Abend unter dem Motto „Verfemt, verbannt, verurteilt". Die Regisseurin Jeanine Meerapfel moderiert ein Gespräch mit der ungarischen Philosophin Agnes Heller, dem Autor SAID und mit Günter Wallraff. Es geht ihnen nicht primär nur um die Vergangenheit, sondern um die heutige aktuelle Situation von verfolgten Intellektuellen und Künstlern. Agnes Heller spricht über die politische Situation in Ungarn und den zunehmenden Antisemitismus. Der Chinese Liao Yiwu lebt seit 2011 im Exil in Deutschland, Shahin Najafi, ein junger iranischer Musiker wird wegen eines Songs, den er ins Netz gestellt hat, mit dem Tode bedroht. Er musste aus dem Iran fliehen und hat seither bei Günter Wallraff Obdach gefunden. Der Abend verursacht mir ein Gefühl der Bedrückung, macht er doch wieder einmal alarmierend deutlich, dass die Bücherverbrennung kein singuläres Ereignis gewesen ist. Überall auf der Welt sind Errungenschaften von Freiheit und Demokratie durch fundamentalistische Kräfte einer ständigen Gefährdung ausgesetzt, bedürfen daher permanenter Wachsamkeit. Ich habe nicht den Eindruck, dass wir wachsam und wehrhaft genug sind.

Samstag, 11.5.

Mit dem Rad zum Kieser Training. Später erledige ich Post und bearbeite Berichte für die Verlängerung von Therapien. In der Nacht träume ich, dass Fridu von einer Frau für einen Zeitungsartikel fotografiert wird. Er hält die Arme seltsam. Die Frau zeigt mir das Foto. Ich sitze plötzlich neben dem Mann einer Klientin und sehe, das Fridu mit einer Männergruppe in einen anderen, abgeschlossenen Raum geht. Spüre dabei Schmerz. Bin nun in einer Stadt unterwegs und treffe eine junge arbeitslose Klientin. Ich schlage ihr vor, zu einem Blumenpavillon zu gehen, dessen Besitzerin ich kenne, damit sie sich dort als Floristin bewerben kann. Bevor wir den Pavillon erreichen, kommt Fridu aus einer öffentlichen Toilette. Ich will auf ihn zurennen, „Fridu" rufen und ihn umarmen, aber etwas hält mich zurück. Ich sehe, dass es ihm schlecht geht und frage, ob er schon was gegessen habe. Er verneint und geht, eine Zigarette rauchend, in ein Lokal. Durch das offene Fenster sehen die Klientin und ich ihn dort mit einer Männergruppe sitzen. Die Klientin geht in das Lokal und plaudert freundlich mit den Männern und mit Fridu. Während ich durch das offene Fenster alles beobachte, fühle ich mich ausgeschlossen und bin schockiert. Bitte die Klientin, herauszukommen. Als sie draußen ist, fragt sie mich erstaunt, was los ist und sagt: „Du bist ja ganz blass." Ich erwidere traurig: „Er hat nicht ein einziges Mal Scharmchen zu mir gesagt."

Ob die nächtliche Sehnsucht nie aufhören wird? Liegt es daran, dass wir uns nicht verabschieden konnten? Träume ich weiter so intensiv von ihm, weil ich wenigstens im Nachtleben irgendwann auf Antworten auf all die unbeantworteten Fragen hoffe?

Sonntag, 12.5.

Mit dem Rad zum Völkerkundemuseum in Dahlem. Es gibt dort eine Ausstellung chinesischer Stoffe. Wie sich herausstellt, sind es unbeschreiblich kunstvoll bestickte Gewänder, Kimonos, die man als kostbares Gemälde an die Wand hängen könnte. Erstaunlich wenige Besucher spazieren herum. Zwei Männer, vielleicht Designer, sprechen leise voll Bewunderung über die Entwürfe und die verwendeten Materialien. Später gönne ich mir ein Fischessen im „Alten Dorfkrug" in Dahlem und radele, angefüllt mit gutem Essen und lebhaften Eindrücken von der Schönheit chinesischer Textilkunst, zufrieden zurück.

Von der China-Reise brachte ich damals ein Stück türkis und lilafarben bestickter Seide mit, das ich, farblich passend, mit einem schönen Passepartout rahmen ließ. Inzwischen habe ich es Sophie geschenkt und hoffe, dass sie Freude daran hat.

Freitag, 17.5.

In der Leibnizstraße 94 findet heute ein Gedenken von Freunden für die Dirigentin Mascha Blankenburg statt. An ihrem letzten Geburtstag war ich noch ihrer Einladung gefolgt. Champagner floss in Strömen. Viele Künstlerfreunde, überwiegend Musiker, waren anwesend. Wie meist war sie ein Quirl an Lebenslust, rauchte, trank, sprach aus dem Stegreif Texte und Gedichte. Es war fast nicht vorstellbar, dass da eine Todkranke agierte. Sie war elegant in einen weißen Anzug gekleidet, sah schön und blühend aus, vollgepumpt mit Morphium.

Einen Tag später sprach ich mit ihr darüber am Telefon. Sie erzählte mir noch voller Freude, dass eine italienische Journalistin gerade ihre Biografie schreibe, sie hoffe, dass man sie ins Deutsche übersetzen wird.

Jahre, bevor ich Mascha durch Uta Sax und Jürgen Thormann bei einem Essen in der „Alten Fischerhütte" am Schlachtensee persönlich kennenlernte, las ich ihr Buch „Große Dirigentinnen", in dem sie an einigen konkreten Beispielen beschrieb, mit welchen Vorurteilen und unglaublichen Hindernissen Frauen in dieser Männerdomäne auf ihrem Weg zur Dirigentin zu rechnen haben. Mit wieviel Häme, Abwertung und Entmutigung. Das Buch war und ist ein wertvoller feministischer Beitrag.

Sie kannte mich durch die Lektüre meiner Biographie über Lou Andreas Salomé „Mit dem Mut einer Löwin". Mascha war lange in Köln Chor- und Orchesterdirigentin gewesen, hatte in Rundfunk und Fernsehen gearbeitet und war vielfach ausgezeichnet worden. Intensiv setzte sie sich mit dem Schaffen von Fanny Mendelsohn auseinander, schrieb darüber und dirigierte ein von ihr komponiertes Werk. Mascha war eine sehr extrovertierte Persönlichkeit, die bereits kurz nach ihrem Umzug nach Berlin künstlerische Aktivitäten ins Leben rief und zahlreiche Menschen um sich scharte. Eine Erkrankung erlaubte ihr nicht mehr zu dirigieren, aber sie blieb ein leidenschaftlich musikalischer Mensch. Dann kam bei der starken Raucherin der Lungenkrebs. Sie nahm den Kampf auf, bis der Körper kurz nach ihrem letzten Geburtstag kapitulierte. Ich werde sie in Erinnerung behalten, wie ich sie auf diesem Fest noch einmal erlebt habe: als zauberhafte, glamouröse Gastgeberin, charmant, dabei vor Ideen und Witz sprühend, voll sinnlicher Lebensliebe.

Samstag, 18.5.

Heute habe ich nach langer Pause wieder einmal Zeit mit den Freunden Elisabeth und Peter Bank verbracht. Wir haben mit dem Auto einen Ausflug nach Beelitz gemacht, den berühmten Spargel gegessen und danach noch andere kleine Orte in der Nähe von Berlin angeschaut. Obwohl wir uns relativ selten sehen, ist es immer sehr intensiv und schön, der Beziehungsfaden ist sofort wieder aufgenommen. Mit Elisabeth habe ich drei Jahre in Münster an der Sozialarbeiterakademie studiert. Alte Zeiten und neue Entwicklungen verbinden uns. Die beiden erwachsenen Söhne sind international unterwegs, David in London als Architekt und Tobias als Jurist in einer Großstadt in Asien. Elisabeth und Peter zählen zu den Menschen, von denen ich weiß, dass ich sie nachts anrufen und um Hilfe bitten kann. Jedes Mal versichern wir uns beim Abschied wechselseitig, dass keinesfalls wieder so viel Zeit vergehen darf, bis wir uns wiedersehen. Aber selten wird dieser Vorsatz in die Tat umgesetzt. Unsere Leben sind ziemlich voll, Banks führen ein offenes Haus und haben ständig Gäste, ich bin mit der Praxis und dem Schreiben sehr beschäftigt und darüber hinaus privat auch sehr oft verabredet.

Pfingstsonntag, 19.5.
Mit nur kurzen Unterbrechungen verbringe ich den Tag lesend. „Das Jahr magischen Denkens" von Joan Didion. Es ist ein Trauer- und Abschiedsbuch, der Versuch, das Unfassbare nach dem Tod des geliebten Menschen irgendwie zu begreifen. Von den ersten Sätzen an fühle ich, wie mir das Buch ein emotionales Zuhause anbietet:

Das Leben ändert sich schnell.
Das Leben ändert sich in einem Augenblick.
Man setzt sich zum Abendessen, und das Leben,
das man kennt, hört auf.
Die Frage des Selbstmitleids.

Bei uns war es nicht das Abendessen, sondern der Augenblick seines Spaziergangs durch den Garten, während ich las.
Am Abend höre ich wieder einmal die „Impromptus" von Schubert, die auch auf der Beerdigung von Fridu gespielt wurden.

Pfingstmontag, 20.5.
Den Vormittag und Mittag mit Roswitha und Eberhard verbracht. Ich bekomme von ihnen ein neues Handy geschenkt. Eberhard hat alles eingerichtet, und ich hoffe, dass ich damit umgehen kann. Am Nachmittag erledige ich Post.
Will unbedingt auch Freidun Y. schreiben. Er hat mir über die NAZO-Website der von Elke Jonigkeit-Kaminski ins Leben gerufenen Organisation zur Hilfe für afghanische Frauen eine Mail zukommen lassen. Mehr als 30 Jahre haben wir nichts voneinander gehört oder gesehen. Freidun lernte ich mit 19 während eines einjährigen Praktikums im Maria-Josef-Hospital in Greven kennen, in der Nähe von Münster. Er war vor Jahren, aus Teheran kommend, vor dem Schah geflohen und hatte in Deutschland Medizin studiert.

Nun war er in Greven als Arzt tätig. Fast alle Schwestern waren in den schönen Mann, der dazu noch charmant und humorvoll war, verliebt. Seine Kompetenz und sein ungewöhnlich starkes Engagement als Arzt brachte ihm auch die Achtung von Kollegen ein.

Damals wohnten wir beide hoch oben in einem Wohntrakt des Krankenhauses auf dem gleichen Flur. Eine winzig kleine Nonne namens Dota kümmerte sich rührend um seine Belange und schien ihn überhaupt wie einen Sohn adoptiert zu haben. Wenn wir mitunter abends nach der Arbeit in einer Gruppe von Angestellten fernsahen, plänkelte Freidun mit manchen von ihnen herum. Ich schwor mir, es ihnen nicht gleich zu tun und ignorierte ihn völlig.

Nach solchen Fernsehabenden fuhren wir schweigend im Aufzug nach oben, verabschiedeten uns höflich distanziert mit guten Wünschen zur Nacht. Wie es schließlich doch dazu kam, dass er mich nach einer Weile für sich gewann, kann ich beim besten Willen nicht mehr erinnern, wohl aber sehr genau, dass er mir das Buch „Doktor Schiwago" von Boris Pasternak schenkte, mich mit seinem grünen Triumph- Auto unter seiner Aufsicht ab und zu auf freien Strecken fahren ließ, großartig kochte und mich mit der Musik von Rimsky-Korsakow, Borodin und anderen – mir bis dahin fremden Komponisten – vertraut machte. Wenn seine Freunde, lauter politisch engagierte junge persische Männer, ihn besuchten, wurde über die Situation im Iran leidenschaftlich debattiert. Ich verstand nichts, verliebte mich aber in diesen interessanten, erwachsenen Mann, der deutlich älter war als ich und mich als bereits erfahrener Liebhaber auf eine sehr schöne, einfühlsame Weise zur Frau machte.

Ich genoss den Zustand des Verliebtseins, Zärtlichkeiten und Sexualität, fühlte mich jedoch für eine dauerhafte Bindung viel zu jung, war mitten in der zweiten Ausbildung und geriet daher in große Not, als ich schwanger wurde. Gleichzeitig lag mein geliebter Vater nach einem vierten Herzinfarkt im Krankenhaus. Der Zustand von Angst und nervöser Anspannung führte während meiner Tätigkeit auf der Wöchnerinnenstation dazu, dass ich mich inmitten von glücklichen Müttern ständig übergeben musste und verzweifelt nach einer Lösung suchte. Schließlich erklärte Freidun sich bereit, mir als Arzt zu helfen, obwohl es gegen seinen eigenen Wunsch geschah.

In der Nacht, nachdem der Abbruch eingeleitet war, erreichte mich per Telefon die Nachricht, dass mein Vater im Sterben lag. Wir fuhren sofort los und kamen trotz überhöhter Geschwindigkeit zu spät in Kempen an. Der tote Vater lag aufgebahrt, als ob er Mittagsschlaf halten würde. Ich konnte weder glauben, dass er tot sein sollte, noch Abschied nehmen, lag einen Tag später im Krankenhaus, wo nachts in Eile eine Ausschabung vorgenommen wurde, weil ich fast verblutet wäre, und blieb zwei Monate dort. Die Ärzte verboten jeden Besuch – bis auf den meiner Mutter – und jede Aufregung. Während der Vater beerdigt wurde, befand ich mich in einem irrealen Zustand, in dem mir niemand helfen konnte, weil es mir unmöglich war, über das Erlebte zu sprechen.

Als ich, abgemagert, aber einigermaßen stabil, entlassen wurde, kehrte ich nicht nach Greven, sondern nach Münster zurück, um das Studium fortzusetzen. Kurze Zeit später beendete ich die Liebesbeziehung zu Freidun. Wir trennten uns sehr freundschaftlich und ohne jeden Groll voneinander. Erst als ich 1970 nach Berlin ging, erhielt ich Post von ihm aus Bayreuth. Ein Besuch dort machte mir klar, dass trotz der Freude, ihn wiederzusehen, nicht an den Neuanfang einer Beziehung zu denken war.

Danach sah ich ihn nur noch einmal völlig überraschend in Berlin bei einer Diskussionsrunde in der Uni. Damals lebte ich bereits mit Wilfried zusammen und war total unfähig, auf die Begegnung auch nur annähernd angemessen zu reagieren.

Bei der jetzigen Wiederaufnahme des Kontaktes bin ich etwas irritiert über den verklärten, fast romantisierenden Blick, den er auf die gemeinsame Vergangenheit wirft. In der Beschreibung von mir finde ich nicht die damalige 20-Jährige wieder, die anderes als er wahrgenommen hat, voller Selbstzweifel und Unsicherheiten war. Nachdem ich in einem seiner Briefe lese, dass er verheiratet ist, zwei Söhne hat, die ebenfalls im Medizinbereich tätig sind, interessiert mich sehr, wie er sein Leben bisher gelebt hat und schicke ihm einige meiner Bücher, damit er – bis wir uns vielleicht sehen und mündlich sprechen können – auch von meinen Lebensbewegungen etwas erfährt. Bin aufrichtig erfreut über die Möglichkeit, sich auszutauschen.

Dienstag, 21.5.
Während des Mittagschlafes ein drastischer Traum: Fridu ist nicht da. In seiner Abwesenheit stelle ich einen wichtigen Kontakt her, der ihn für seine Arbeit freuen wird. Bringe etwas auf den Weg, was er schon lange möchte. K., seine Tochter, erledigt in diesem Zusammenhang einen Anruf. Nachdem er von einer Lese- oder Männereise zurückkommt, erzählen wir ihm dies, und er bedankt sich überschwänglich bei K. für das, was sie geleistet hat. Freut sich sichtbar. Ich sage „Na, und ich? Was ist mit mir?" Er reagiert irgendwie abwehrend, und ich bekomme einen Verzweiflungsanfall, schreie voller Schmerz: „Wenn das so ist, will ich dich nicht mehr sehen, dann kann ich ja jetzt gleich loslassen." Wache total erschrocken auf. Seltsam, ich war nie eifersüchtig auf K. Im Gegenteil, es freute mich, wenn sie gut in Kontakt waren. Und als ehemalige Vater-Tochter konnte ich Fridu viele Hinweise geben, was Töchter sich von ihren Vätern wünschen.

Donnerstag, 23.5.
Mein 67. Geburtstag. Gratulation! Wie merkwürdig, dass ich jetzt älter als mein Vater bin, der mit 54 Jahren starb, und bereits fünf Jahre älter als Wilfried. Vor zwei Jahren habe ich mit Nina, Peter und Barb an diesem Tag einen Besuch auf dem jüdischen Friedhof in Weissensee gemacht. Es war ein Wunsch von mir. Anschließend waren wir in einem kleinen Spezialitäten-Laden sehr urig essen. Von Nina und Peter bekam ich einen Brief, der mich zu Tränen rührte. Dieses Jahr habe ich überhaupt keine Lust zu irgendwelchen besonderen Aktivitäten, gehe abends nach der Arbeit alleine ins Kino Capitol, um einen polnischen Film über eine schwierige Mutter-Sohn-Beziehung zu sehen, eine unheilvolle Symbiose. Anschließend gönne ich mir im Dahlemer Dorfkrug ein gutes Geburtstagsessen. Ich schlafe mit einem Gefühl tiefer Dankbarkeit ein, dass ich so viele Lebensjahre ohne Krieg erleben durfte. Ob das so bleiben wird?

Freitag, 24.5.

Morgens mit dem Rad zum Kieser Training. Anschließend am Schreibtisch gearbeitet. Abends in die Komische Oper, um die „Hochzeit des Figaro" in der Inszenierung von Barrie Kosky zu sehen. Ich fahre rechtzeitig los, um im früheren „Grand Hotel" noch eine Kleinigkeit zu essen. Inzwischen gehört es der Hotelkette „Best Western" an. Die bequemen Ohrensessel, in denen Fridu bei unseren Streifzügen durch den Ostteil der Stadt seinen Mittagsschlaf hielt, während ich las, sind neuer Bestuhlung gewichen. Der Abend wird schön, aber nicht herausragend. Tom Erik Lie singt den Grafen Almaviva, Brigitte Geller die Gräfin. Bei der Heimfahrt in der S-Bahn singt Mozart weiter in mir. Erinnere den unvergesslichen „Figaro" in Glyndebourne mit lauter jungen, unbekannten Sängern und dem anschließenden Picknick auf dem Rasen, während uns die nebenan grasenden Schafe gleichgültig käuend betrachteten. An meinem Geburtstag wenige Wochen vor seinem Tod schenkte Fridu mir (uns) ein Abonnement für die Philharmonie. Ihn reute plötzlich sehr, dass er mich so oft alleine zu Konzerten gehen ließ. Zu spät. Wir erlebten kein einziges Konzert mehr gemeinsam.

Samstag, 25.5.

Schreibtischtag! Abends nach Potsdam.

Sonntag, 26.5.

Fange ich mit dem ersten Kapitel der Fortsetzung von „Schattenjagd" an, um die weitere Geschichte der Psychotherapeutin Dr. Charlotte Graf zu erzählen. Das Buch beginnt mit der Schilderung einer Reise nach Marrakesch und soll im Iran enden.

Dienstag, 28.5.

Fridus Geburtstag! Wir sind beide im Sternzeichen der Zwillinge geboren. Er wuchs mit einer jüngeren Schwester auf, ich mit einem zwei Jahre älteren Bruder. Ein normaler Arbeitstag für mich. Stunden von 9 bis 12 und von 16 bis 20 Uhr. In der Mittagspause fahre ich zum

Friedhof. Die Grabplatte, von Angelika Baasner-Matussek in seinen Lieblingsfarben blau-türkis gestaltet, ist zum Teil von Efeu überwuchert. Während ich das Grün behutsam beschneide, ist mir, als ob ich ihm wie früher seine wilden Haare kürze und er, mit dem Spiegel in der Hand, mein Treiben kritisch verfolgt, in der steten Sorge, es könnten ein paar Millimeter zu viel werden. Unvorstellbar: Heute wäre mein liebstes Fridu-Herz 75 Jahre alt geworden. Ich versuche, ihn mir so gealtert vorzustellen. Es gelingt nicht. Schwer zu fassen, dass ich jetzt älter bin als er, der noch so jung und lebendig aussah, in meinen Augen so schön, als er starb.

Am Abend nach der Arbeit kommt Kirill. Während seiner unvergleichlich wohltuenden Massage schlafe ich fast ein.

Samstag, 1.6.

Katastrophe! Nach dem Kühlschrank ist jetzt die Waschmaschine kaputt. Rosi rettet mich wieder einmal und fährt sofort mit mir nach Zehlendorf. In dem Familienunternehmen für Elektrogeräte, die auch meinen Kühlschrank installierten, bestelle ich nach kurzer Beratung ein energiesparendes und umweltfreundliches Gerät, das bereits am Montag geliefert und eingebaut wird. Für derlei Angelegenheiten war immer Fridu zuständig. Er kaufte alles für die Küche, überhaupt für den Haushalt und kümmerte sich. Mich bringen nicht funktionierende Maschinen sofort in einen Zustand ohnmächtiger Wut, weil ich von nichts eine Ahnung habe.

Sonntag, 2.6.

Mit den Kindern Sophie und Julis nach Potsdam ins UCI Kino, um den Pferdefilm „Ostwind" zu gucken. Sophie ist inzwischen selbst eine leidenschaftliche Reiterin. Es macht mir wieder Freude, mit ihnen etwas gemeinsam zu erleben. Sie wachsen und verändern sich zusehends. Julius liest inzwischen wie ein Weltmeister. Er frisst die Bücher geradezu und will unbedingt im neuen Schuljahr auf das Canisius-Kolleg. Alle Einwände von mir interessieren ihn nicht wirklich. Ich erinnere, wie er als Erstklässler bei mir in der Küche saß und sich hochkonzentriert abmühte, die Buchstaben des Alphabetes zu lernen. Kurze Zeit später las er mir bereits aus einem Fußballbuch über die einzelnen Spieler der Nationalmannschaft vor. Sophie, die sich so gerne bewegt, Dinge kreativ gestaltet und Menschen scharfsinnig beobachtet, hat den Lesegenuss etwas später als der jüngere Bruder entdeckt, ist nun aber längst gewonnen. Auf der Heimfahrt in der S-Bahn sprudeln beide ihre Eindrücke heraus und kommentieren die Handlungen der Filmfiguren.

Mittwoch, 5.6.
In der Nacht ein Traum: Wir sind mit Freunden in einem Hotel. Ich fahre mit dem Fahrstuhl nach unten. Fridu läuft die Treppen hinunter. Unten warte ich auf ihn. Er kommt, sieht mich aber nicht und verschwindet in der Menge. Seinen Kopf sehe ich herausragen und rufe seinen Namen. Er hört mich nicht und läuft weiter. Daraufhin schreie und brülle ich. Passanten schauen mich an, als ob ich verrückt sei. Ich sehe jetzt, dass er zu Roswitha und Eberhard läuft, mit denen wir unterwegs sind, und renne hinter ihnen her. Als ich sie atemlos endlich erreiche, sagt Fridu: „So, jetzt zeigt jeder einmal das Buch, das er gerade liest." Ich bin total empört und schreie, dass ich stundenlang auf ihn warte, aber er nicht auf mich. Schimpfe: „Immer muss ich dir hinterherrennen. Wenn ich in Gefahr wäre, würdest du mich nicht retten können, weil du mich nicht siehst." Als ich wach werde, bin ich tieftraurig und völlig zerschlagen. Wie lange werde ich mich noch an diesen elend schwierigen Gefühlslasten abarbeiten müssen?

Donnerstag, 6.6.
Nach den Vormittagsstunden setze ich mich zu Rosi in den Garten. Wir essen mit den Kindern zu Mittag. Julius muss ein Buch über die Götter in der griechischen Mythologie in der Klasse vorstellen und fragt mich, ob ich einmal zuhören mag, wie er es machen will. Ich bin verblüfft, wie anschaulich und flüssig ihm das gelingt. Einziger Kritikpunkt: Er sollte ruhig lauter sprechen.
    Am Abend findet die berufliche Intervisionsgruppe bei mir statt.

Wir bleiben nur zu dritt, Julia, Roswitha und ich. Petra, die Ärztin aus unserer Runde, ist krank. Eberhard kann nicht teilnehmen, weil er die jüngste Tochter Veronika plötzlich von der Ostsee abholen muss. Sie ist mit dem dritten Kind schwanger und hat leider wieder Gallenprobleme.

Freitag, 7.6.

Am nächsten Abend treffe ich Roswitha und Eberhard erneut, um mit ihnen zusammen den neuen Film von Alain Resnais „Ihr werdet euch noch wundern" anzuschauen. Wir begegnen lauter alten bekannten Schauspielern, z.B. Michel Piccoli. Der Film hat eine raffinierte Erzählweise. Ein Regisseur lässt nach seinem Tod in einem Theater seiner früheren Schauspielertruppe ein Video vorführen, in dem junge Leute das Stück „Euridice" von Jean Anouilh proben. Alle Anwesenden werden mit ihren ehemaligen Rollen in diesem Stück konfrontiert. Sie sollen den Jungen helfen. Theater im Film. Wir sind ausnahmsweise mal alle begeistert und finden den Film meisterhaft gemacht.

Samstag, 8.6.

Offene Ateliers in Friedrichshagen. Abends im Delphi Kino der Film "Before Midnigth" mit July Delpy und Ethan Hawke. Ein Film von Richard Linklater. Es ist der dritte Beziehungsfilm über ein Paar. Nach Filmen über die erste Begegnung und Verliebtheit und jetzt länger verheiratet, mit zwei Kindern, geht es nun um die Frage, was im Alltag aus der Liebe geworden ist.

Im Grunde ist dieser Film ein einziges langes, intensives (Streit-) Gespräch zwischen dem Paar. Linklater, der mit den Hauptdarstellern eng befreundet ist, hat eindeutig die Gabe, tief in das Fühlen und Denken von Frauen und Männern einzudringen, eine Bildersprache für die Wirklichkeit von Liebesalltag zu finden, so dass die Zuschauer durch die Protagonisten mit sich selbst konfrontiert werden, ohne dass etwas belehrend wirken würde. Den Film könnte man als Anschauungsmaterial für Paarkommunikation bzw. deren Störungen nutzen.

Fridu und ich sind so leidenschaftlich gerne ins Kino gegangen. Oft haben wir anschließend über unsere unterschiedliche Wahrnehmung diskutiert, mitunter heftig gestritten. Ich erinnere, dass ich mir drei Mal den Film „Stalker" von Tarkowski ansah, weil er Wilfried so gut gefiel. Mich machte der Film mit den düsteren, schweigenden Männern wütend, aber ich wollte verstehen, warum er meinem Liebsten so gut gefiel. Es ist mir nicht gelungen.

Einmal in meinem Leben würde ich gerne ein Drehbuch schreiben und bei den Filmarbeiten dabei sein, so wie mir das bei vielen Opernproduktionen durch Peter Konwitschny möglich wurde.

Sonntag, 9.6.

Der 13. Todestag! Morgens früh ein Grabbesuch. Reinige die schöne Grabplatte so, dass man die Schriftzüge „Dr. Dr. Wilfried Wieck – Psychotherapeut – Autor und Männerforscher" wieder erkennt und die Farben leuchten sieht. Ein Schneckchen sitzt an der Seite. Es darf sitzen bleiben. Vielleicht ist das ein Gruß an mich oder ein kleiner Botschafter. Fridu behauptete öfter von sich, manches nur im Schneckentempo zu lernen. An seinem silbernen Schlüsselanhänger hing eine kleine Schnecke. Während ich vor mich hin arbeite, erzähle ich ihm allerlei. Auf der Rückfahrt sehe ich im Wasgensteig ein neues indisches Restaurant und probiere Blumenkohl und Kartoffeln. So gut wie das Gericht schmeckt, wird es sicher ein Leibgericht von mir. Den Rest des Tages bleibe ich für mich alleine. Sitze still im Garten und hänge in Erinnerungen. Bis spät in die Nacht höre ich Musik von Mozart.

Mittwoch, 12.6.

Abends nach der Arbeit Treffen und Essen mit Antje S.. Ihre Therapie ist schon länger beendet, aber ich hatte ihr eine Verabredung versprochen. Wir treffen uns im Bistro Claire und können noch draußen sitzen. Antje erzählt von den Veränderungen in der Beziehung zu ihren Eltern und der immer noch anstrengenden Arbeit im Kostümfundus. Als es dunkel wird, fährt sie mit dem Rad nach Hause.

Sonntag, 16.5.

Am Nachmittag in den Hamburger Bahnhof, um die Ausstellung der mir völlig unbekannten schwedischen Malerin Hilma af Klint zu sehen. Sie gilt als Pionierin der abstrakten Malerei, arbeitete sehr zurückgezogen in einem kleinen Kreis von Frauen und verfügte, dass erst 20 Jahre nach ihrem Tod die Bilder der Öffentlichkeit gezeigt werden durften. Von den sehr farbigen, rätselvollen Figurationen, von denen einige Himmelskörpern gleichen, nehme ich einen Stapel Postkarten mit. Anschließend kehre ich im Café von Sarah Wiener ein.

Dienstag, 18.6.

Umzugstag von Nina und Peter Schaul. Sie ziehen von Treptow nach Spindlersfeld. Alles gestaltet sich viel schwieriger als gedacht. Das Haus ist im Grunde noch nicht einzugsfertig und dementsprechend liegen die Nerven blank. Besonders Peter fühlt sich für Misslingen jeglicher Art verantwortlich und hat schon besorgniserregend viel abgenommen. Da ich volles Praxisprogramm habe, kann ich gar nicht behilflich sein. Wir telefonieren öfter. Jedes Mal ist eine neue Katastrophe passiert. Über Ninas Bett ist ein großes Loch entstanden, weil Handwerker nicht aufgepasst haben und im Dachboden eingebrochen sind. Fast täglich gibt es neue derartige Hiobsbotschaften. Und natürlich wird alles viel teurer. Die Freude, die das Projekt eigentlich begleiten sollte, ist einem Zustand von totaler Erschöpfung und Ernüchterung gewichen. Ich telefoniere mit Barb Kirkamm, die schon ewig mit Nina und Peter befreundet ist. Auch sie ist in Sorge um die beiden, und wir sind uns einig, dass sie dringend der Ermutigung bedürfen. Bloß wie?

Mittwoch, 19.6.

Heute ist ein besonderer Tag, weil ich direkt nach der Arbeit von Tegel nach Karlsruhe fliege, um die Oper „Die Passagierin" von Mieczyslaw Weinberg zu hören und zu sehen. Es ist das erste Mal, dass diese Oper in Deutschland aufgeführt wird. Das Libretto ist nach einem Roman von Zofia Posmysz entstanden. Der Komponist hatte als 20-Jähriger seine Heimat Polen verlassen müssen und war vor den deutschen Faschisten in die Sowjetunion geflohen. Später musste er von dort weiter fliehen. 1943 besorgte ihm Schostakowitsch ein Visum für Moskau. Die beiden Komponisten freundeten sich an. Schostakowitsch machte Weinberg auf den Roman von Posmysz mit der Intention aufmerksam, dass dieser daraus eine Oper schaffen könnte. Der Musikwissenschaftler Alexander Medwedjew schrieb auf Anregung von Schostakowitsch das Libretto. Die Oper wurde 1968 vollendet.

Als ich nach der Premiere in Deutschland, im Mai, darüber in der Zeitung las, war ich wie elektrisiert von dem Wunsch, diese Oper hören und sehen zu wollen. Am Reisetag sind nicht nur über 30 Grad Hitze, sondern die Stadt ist wegen eines Besuches von Barack Obama in höchste Alarmbereitschaft versetzt. Seine Maschine steht irgendwo abseits auf dem Flughafengelände in Tegel. Unser Abflug verspätet sich. Nach meiner Ankunft habe ich gerade noch Zeit, mich ein bisschen frisch zu machen und umzuziehen. Mein Hotelzimmer liegt unmittelbar gegenüber vom Badischen Staatstheater, so dass ich sogar noch einen Teil der sehr interessanten Einführung miterlebe.

Diese erste Oper, die Weinberg komponierte und die er selbst nie hörte, erzählt davon, wie sich Ende der 50er Jahre auf einem Ozeandampfer, der von Deutschland nach Brasilien fährt, eine ehemalige KZ-Aufseherin aus Auschwitz und eine Insassin begegnen. Lisa, die frühere Aufseherin, ist mit ihrem Mann Walter auf dem Schiff, weil er Botschafter der BRD werden soll. Er weiß von der Vorgeschichte seiner Frau nichts. Lisa glaubt, in einer Passagierin Marta zu erkennen, mit der sie besondere Erlebnisse verbindet. Sie wird zunehmend von Erinnerungen überwältigt und gequält, so dass schließlich ihr Mann bemerkt, dass etwas nicht stimmt. Als er die Wahrheit erfährt, ist er entsetzt, aber vor allem deshalb, weil er seine Karriere gefährdet sieht. Die Geschichte wird in Rückblenden erzählt bzw. gesungen.

Die Szenen wechseln zwischen den Ereignissen auf dem Deck des Ozeanriesen und dem, was damals im KZ geschah. Es gibt Bilder vom Appellplatz, von Baracken, von Toten und den anrührenden Versuchen der Insassen, sich zu helfen und zu trösten. Marta ist eine starke

Persönlichkeit, die sich von Lisa nicht zu deren Zwecken instrumentalisieren lässt. Es bleibt unklar, ob sie die Gräuel des Lagers überlebt hat oder ob Lisa aus Schuldgefühlen einer Sinnestäuschung unterliegt.

Die Musik beeindruckt in der Sprache eines Requiems. Es gibt komplexe Chorgesänge, aber auch Walzerklänge als Unterhaltungsmusik auf dem Schiff und auch in Auschwitzszenen, bei der Ankunft neuer Häftlinge. Weinberg schafft es, sowohl die grauenvolle Realität und das Unmenschliche als auch hoffnungsvolle, lyrisch betonte Motive fühlbar zu machen. Den einzelnen Sängern sind, ihrem jeweiligen Charakter entsprechend, wiederkehrende Klangmotive zugeordnet. Statt des befohlenen Lieblingswalzers des Lagerkommandanten spielt ein KZ-Insasse zum Schluss als Akt des Widerstandes die „Chaconne" von J.S. Bach.

Das Opernerlebnis ist tief bewegend und aufrüttelnd zugleich. Ich kann lange nicht schlafen. Immer wieder sind mir Szenen vor Augen und Töne im Ohr. Schließlich die immer wieder zwangsläufig auftauchende, schwierige Frage: Wer wäre ich in dieser Zeit gewesen? Wie konform, wie ängstlich angepasst oder wie mutig hätte ich gehandelt? Fragen, auf die ich keine ehrliche Antwort geben kann. Sie bleiben quasi lebenslänglich Aufgabe und Auftrag.

Bei meiner Landung mittags in Berlin empfängt mich ein riesen Polizeiaufgebot. Auf meine Frage, was los sei, erfahre ich, dass sich eine Gruppe junger Leute an einen Baum gekettet hat, um gegen die Asylpolitik zu protestieren.

Samstag, 22.6.
Am Abend treffe ich Roswitha und Eberhard beim Inder. Ich bin noch ganz erfüllt von dem Opernerlebnis und erzähle sehr detailliert von dieser Erfahrung. Nina und Peter habe ich schon am Telefon ausgiebig berichtet.

Sonntag, 23.6.
Arbeit am Schreibtisch. Mittags Kieser Training. Am Abend bin ich bei Franks im Garten zum Essen eingeladen. Es wird gegrillt. Rosi

hat leckere Salate gemacht. Die Stimmung ist sommerlich entspannt. Ferdi Kater liegt auf dem Trampolin und schaut uns zu. Wir sprechen über die aktuellen Urlaubspläne und Familienangelegenheiten. Sophie und Julius kabbeln ein bisschen herum. Thomas macht mich auf fliegende Fledermäuse aufmerksam. Aus den Nachbargärten sind nur gedämpfte Stimmen und ab und zu Lachen zu hören. Kurz vor Mitternacht gehe ich mit einem friedvollen Gefühl zu mir hinüber.

Samstag, 29.6.
Das Wochenende ist von der nicht gerade geliebten Quartalsabrechnung in Beschlag genommen. Ich habe immer noch nicht gelernt, alles elektronisch zu machen. Mein altes Chipkartenlesegerät funktioniert bei den neuen Gesundheitskarten nicht mehr. Das neue Lesegerät hat eine Software aus China und funktioniert ebenfalls nicht. Es zeigt beim Einlesen ständig Fehler an und bringt mich zur Verzweiflung, weil ich bei den Versuchen, die Karte wieder und wieder einzulesen, kostbare Zeit verliere, die eigentlich für das Therapiegespräch da sein soll. Mutiere deshalb zum Dinosaurier und mache alles mit der Hand.

Freitag, 5.7.
Reise am Nachmittag von Schlachtensee in den Wedding, um in der Schwedenstraße in der Nähe der Osramhöfe einen Stoffladen aufzusuchen. Als ich ihn finde, ist er trotzdem nicht der für meine Bedürfnisse Richtige. Der Besitzer hat aber verstanden, welchen Laden ich eigentlich suche, und schickt mich zwei Straßen weiter.

Der Wedding war 1970 meine erste Anlaufstelle in Berlin. Damals machte ich mein Anerkennungsjahr als Sozialarbeiterin im Bezirksamt Tiergarten an der Turmstraße. Ich wohnte in einem winzigen Zimmer, einer klösterlichen Zelle gleich, in einem Arbeitnehmerwohnheim in der Iranischen Straße. Als ich mich schließlich in Fridu verliebte und bei meinen Fahrten vom Wedding nach Lichterfelde nie rechtzeitig bei ihm ankam, weil ich vor Aufregung fast immer in die falsche Richtung fuhr, schlug er vor, dass ich bei ihm einziehen soll. So kam es, dass wir, nachdem wir uns erst 14 Tage kannten, zusammenzogen und daraus 32 Jahre wurden. Damals holte Fridu mich gemeinsam mit einem Freund in der Iranischen Straße ab. Meine Habe bestand aus zwei Apfelsinenkisten mit Büchern, einem Koffer und zwei Postern. Eines war „Blue Vase" von Cezanne, das andere „Der Sämann" von van Gogh.

Ich war schon lange nicht mehr hier und stelle fest, dass sich in diesen Jahren viel verändert hat. Der Wedding, das alte Arbeiterviertel, ist bunter und internationaler geworden. Neuerdings ziehen hier nicht nur türkische und arabische Familien hin, sondern auch vermehrt internationale Künstler, weil die Ateliermieten noch erschwinglich sind.

Bei meinem Besuch in dem zweiten Laden, einer riesigen Halle mit unübersehbaren Stoffmengen, will ich gar nichts mehr und fahre ohne ein Fitzelchen Stoff wieder zurück. Trotzdem bin ich nicht enttäuscht. Der kleine Ausflug in dieser inzwischen doch ziemlich großen Stadt hat Spaß gemacht und alte Erinnerungen aufgefrischt.

Sonntag, 7.7.
Um 9 Uhr steige ich mit dem Rad in die S-Bahn, um Nina und Peter in ihrem neuen Haus zu besuchen. Die Umbaumaßnahmen und Einrichtungsarbeiten sind schon weit gediehen, aber es ist immer noch viel zu tun. Ich kann schon erkennen, dass es sehr einladend und schön wird. Aber die lieben Hausbesitzer sehen naturgemäß alles Unvollendete überdeutlich und sind leider immer noch am Ende ihrer Kräfte. Alle Nerven liegen blank. Peter ist beunruhigend schmal. Er schlägt sich mit der Frage herum, ob es ein Fehler war, das Haus, ein väterliches Erbe, überhaupt zu beziehen. Zumal Nina dem Projekt immer schon skeptisch gegenüberstand. Zu dem Haus, das von außen gar nicht so geräumig wirkt wie es tatsächlich ist, gehört noch ein großer Garten, der völlig verwildert ist und neu gestaltet werden muss. Also im Grunde erst einmal Arbeit ohne Ende. Wir machen einen langen Spaziergang, kommen an alten, schönen Backsteingebäuden vorbei, einer ehemalige Fabrik, in der Wohnungen entstehen werden. Laufen am Fluss Dahme, einem Nebenarm der Spree, entlang

und kehren in ein Restaurant namens „Feine Dahme" ein. Wir sitzen wunderbar auf einer Terrasse, gegenüber liegt Köpenick. Für mich steht fest, dass die beiden sich hier sehr wohlfühlen werden, wenn erst einmal der Genuss den Arbeitseinsatz überwiegt. Als ich ihnen das mitteile, lachen und seufzen beide gleichzeitig. „Hoffentlich hast du recht", meint Peter.

Samstag, 13.7.
Ich treffe Aino Simon im Café Schlacht. Sie hat das Wohnprojekt Möckernkiez mit anderen gemeinsam gegründet und in den letzten Jahren ihre ganze Kraft da hineingesteckt. Inzwischen ist eine Grenze überschritten, und sie muss pausieren. Aino ist so schmal und zart, aber voller Hingabe und Feuer. Es ist wunderbar, dass es diese engagierten jungen Menschen gibt, die nicht wollen, dass die Welt vor die Hunde geht. Auch Nils, ihr Mann, und viele andere junge Leute sind hellwach bei der Sache und sich nicht nur der Probleme bewusst, die wir haben, sondern auch der vielen neuen Möglichkeiten. Aino wünscht sich ein zweites Kind, nachdem ihre erste Tochter Ronja-Malou schon ein Schulkind ist. Wir verabschieden uns sehr herzlich und mit dem Vorsatz, uns bald wiederzusehen.

Freitag, 19.7.
Hinter mir liegt eine sehr volle Arbeitswoche. Es ist schon wieder extrem warm. Fast jeden Abend bin ich verabredet, weil ich am Wochenende Verlängerungen und Anträge schreiben muss. Sehe „Bastard" im Bali-Kino. Ein ungeheuerlicher Film.

Samstag, 20.7.
Treffe mich mittags mit Heidrun Abraham, die in Kürze wieder für ein halbes Jahr auf ein Kreuzfahrtschiff geht, um dort als Webdesignerin zu arbeiten. Sie ist selbständige Geschäftsfrau und hat diese Lebensweise für sich entdeckt. Es ist sehr spannend, was sie während dieser Fahrten alles erlebt. Mitunter natürlich auch Schwieriges, aber es überwiegt das Gefühl des familiären Aufgehobenseins und einer

eindeutigen Struktur. Zurück an Land braucht sie erst einmal immer wieder Zeit, um sich ein eigenes Leben einzurichten. Sie hat atemberaubend schöne Fotos von ihrer letzten Reise gemacht. Komme ins Grübeln, ob nicht auch Psychotherapeuten für solche Reisen gesucht werden.

Sonntag, 21.7.

Vormittags zum Kieser Training. Nachmittags gehe ich mit Sophie und Julius ins Café Schlacht essen. Nach den Sommerferien wird ihr Kinderleben anders aussehen als bisher. Jetzt gehen sie noch jeden Tag gemeinsam zur Schule und zum Musikunterricht. Nach den großen Ferien wird Julius aufs Canisius-Kolleg wechseln, weil er unbedingt Latein lernen will. Er wird sehr früh aufstehen müssen, damit Thomas ihn auf dem Weg zur Praxis in Mitte im Auto mitnehmen kann. Sophie wird vorläufig weiter auf ihre alte Schule gehen. Im Gespräch mit ihnen gewinne ich den Eindruck, dass sie noch ziemlich unbekümmert sind angesichts der neuen Situation. Eis schleckend erklären sie, dass doch jetzt erst einmal die Ferien kommen. Stimmt, das ist wichtiger.

Samstag, 27.7.

Vormittags bin ich mit Rosi unterwegs. Wir wollen nach einem Stuhl für ihr Arbeitszimmer schauen und nach einem Kleid für Sophie. Die Suche beginnt am Savignyplatz und endet im Naturkaufhaus in Steglitz. Wir werden zwar nicht fündig, aber die Unternehmung macht trotzdem Spaß.

Als ich am Nachmittag mit Neumanns telefoniere, um sie zu einem Kinobesuch zu locken, erfahre ich, dass Roswitha sich nicht wohlfühlt und lieber zu Hause bleibt. Daher radele ich alleine zum Capitol in Dahlem, dem uralten Studentenkino, das zum Glück immer noch existiert, um mir „La Grande Belezza" anzuschauen, eine Homage von Paolo Sorrentino an Fellini. Durch die Wahrnehmung des Schauspielers Jep Gambardella wird ein sommerliches, verführerisches Rom gezeigt, mit rauschenden Festen, aber auch melancholischen

Momenten. Er, der elegante, alternde Schriftsteller, blickt teilweise wehmütig und um die Vergänglichkeit all dieses bunten, chaotischen, gierigen Treibens wissend auf die Scharen von Feierwilligen.

In mir löst der Anblick der berühmten Plätze und Gebäude Erinnerungen an die Rom-Reise 1996 aus, als ich an der Biografie über Lou Andreas Salomé schrieb und im Goethe-Institut über sie und Malwida von Meysenbug recherchierte. Wir reisten gemeinsam mit Roswitha und Eberhard und wohnten unmittelbar in der Nähe der Piazza Navona in einem kleinen, irrsinnig lauten Hotel. Fridu stürzte gleich nach unserer Ankunft nach dem Duschen auf die Steinfliesen, riss sich dabei ein tiefes Dreieck in den rechten Arm. Er blutete so stark, dass wir sofort in die Notaufnahme eines Krankenhauses fuhren. Dort wurde er wunderbar verarztet und versorgt, während ich infolge des Unfalls das gemeinsame Bett zu räumen hatte, damit er seinen Arm auf meiner Seite ablegen konnte. Ich schlief nachts auf einer schmalen Liege und hörte im Treppenhaus auf den Marmorfliesen jedes Klack-Klack-Klack der heimkehrenden Jugendlichen, die mit uns dort nächtigten. Nachdem wir uns von dem wenig glückvollen Einstieg erholt hatten, waren wir wieder offen für die Schönheiten und Besonderheiten dieser Stadt. Bei unserer Abreise stand für uns fest, dass wir einmal wiederkehren würden. Es ist uns nicht gelungen.

Donnerstag, 1.8.

Vormittags erst nach Steglitz zum Sport, anschließend ein leidiger Friseurtermin, der aber dringend nötig ist. Am frühen Abend Krankengymnastik bei Lea. Danach treffe ich Andreas Goosses nach langer Zeit im Literaturcafé in der Fasanenstraße. Unsere Begrüßung ist herzlich. Andreas hat mit Wilfried zusammengearbeitet und macht nach seinem Tod in eigener Praxis weiter Therapiearbeit in Einzelstunden und in Männergruppen, stundenweise ist er weiter bei Pro Familia. Er fragt immer intensiv nach, wie es mir geht und was mich gerade beschäftigt. Wie ich inzwischen weiß, ist das keine Selbstverständlichkeit.

Wir sitzen wieder einmal in dem schönen Wintergarten des Cafés, genießen das gute Essen und den gedanklichen Austausch. Es gibt viel zu erzählen. Andreas' Vater ist kürzlich hoch betagt verstorben. Nun lebt die Mutter in dem großen Haus im Ruhrgebiet alleine, was nur für eine begrenzte Zeit gehen wird. Die Familie ist groß. Ein Bruder von Andreas ist Musiker beim Freiburger Barockorchester. Der Zusammenhalt unter den zahlreichen Geschwistern ist stark. Die erwachsenen Kinder haben sich aufmerksam um die Eltern gekümmert, sie regelmäßig auf Reisen mitgenommen. Nun steht die Mutter allein im Zentrum der Fürsorge. Als wir uns verabschieden, ist es bereits spät. Wir nehmen uns vor, mit dem nächsten Treffen nicht allzu lange zu warten.

Freitag, 2.8.

Fahre mit dem Rad zu Neumanns, Eberhard hat heute Geburtstag. Er sieht noch so fabelhaft gut aus und scheint über unerschöpfliche Kraftreserven zu verfügen, so dass man nicht ans Altern denkt. Julia, die mittlere Tochter, ist mit ihren Kindern Philine und Finn da, um zu gratulieren. Es wird beschlossen, zum Japaner essen zu gehen. Philine, bildschön, ist bereits in der Pubertät, voller Energie und Spottlust. Der jüngere Bruder ist erst ein bisschen schüchtern, dann aber auch voll originellem Witz und zauberhaft. Beide spielen mit Opas Handy und zaubern Bilder von einer Reise hervor, z.B. Philine spätabends am Strand in Rio de Janeiro. Eigentlich handelte es sich bei der Brasilien-Reise um eine Fortbildung für Psychotherapeuten, zu der sich Roswitha und Julia angemeldet hatten. Aber schließlich fuhren Eberhard und Philine, die zu der Zeit Geburtstag hatte, auch mit. Wir sitzen bis 21 Uhr im Garten des Restaurants und haben es gut miteinander.

Samstag, 3.8.

Auf ihrem Weg nach Schottland kommen mich Anita und Hans-Gerhard Kretzschmar besuchen, die ich auf meiner Marokko-Reise kennengelernt habe. Wir haben uns gut verstanden. Sie bringen mir eine DVD von dieser Reise und Früchte aus ihrem Garten mit. Ich lade sie zum indischen Essen ins „Rasas" ein. Dort tauschen wir noch einmal Eindrücke aus Marokko aus. Sie wohnen in der Nähe von Chemnitz und haben inzwischen viele weit entlegene Länder bereist. Nun geht es nach Schottland. Sie können sich freuen. Die Schottland-Reise mit Fridu ist mir noch lebhaft in bester Erinnerung. Sie entstand aus einem Impuls heraus, als wir den Film „Local Hero" sahen und uns sofort in die schottische Landschaft verliebten. Die spontane Gastfreundschaft der Menschen, die wir unterwegs bei langen Fußwanderungen trafen, war überwältigend. Obwohl die meisten eher ärmlich lebten, luden sie in ihr Heim und bewirteten uns mit Tee und Keksen. Ihr Interesse, von uns etwas über Berlin und die Situation in Deutschland zu erfahren, war erstaunlich. Anita erzählt, dass sie in Edinburgh ein Folk Festival besuchen wollen. Der Abend endet mit einer Einladung an mich, sie doch einmal zu besuchen.

Sonntag, 4.8.
Sommerfest im Jüdischen Museum. Ich würde gerne hingehen, aber es ist so heiß, dass ich mich erst abends raus traue, um im Konzerthaus eine Veranstaltung von „Young Euro Classic" zu hören. Der Abend gehört einem jungen Pianisten aus Russland, Nikolay Khozyainov, der Werke von Ravel, Chopin und Liszt spielt und zwar in einer Weise, die einen vor Begeisterung vom Stuhl hauen könnte. Die Darbietung des gerade 20-Jährigen ist ein Ereignis. Ich ertappe mich dabei, wie ich mit offenem Mund zuhöre, als er die Klaviersonate h-Moll von Liszt interpretiert.

Der spätere Applaus nimmt kein Ende. Das Publikum will ihn nicht gehen lassen. Und tatsächlich gibt der schmale, lockenköpfige Mann, fast noch ein Junge, etliche Zugaben. Ganz beglückt fahre ich nach Hause.

Montag, 5.8.
Heute beginnen meine Sommerferien. Ich habe mir 14 Tage Pause verordnet und liebe es, endlich wieder einmal in Ruhe durch die Stadt streunen zu können und „verreist sein" zu spielen. Im normalen Alltag

bleibt meist zu wenig Zeit, um zu schauen, wie sie wächst und sich immer weiter verändert. Da ich zwei Ausstellungen im Martin-Gropius-Bau sehen möchte, die von Anish Kapoor und Horst Antes, nehme ich das Rad mit in die S-Bahn und radele von der Station Bellevue durch den Tiergarten.

Es ist noch früh, daher gibt es keine lange Warteschlange. Kapoor, in Bombay geboren, zählt zu den bedeutendsten zeitgenössischen Künstlern. Noch nie zuvor habe ich von ihm gehört. Neugierig beginne ich unten im Lichthof, seine Objekte und Skulpturen anzusehen und stelle sofort fest, dass Fridu diese Arbeiten aus Wachs, Stein, PVC-Häuten, Stahl und farbigen Pigmenten sehr gefallen würden, während mir die Skulpturen und Installationen eher fremd bleiben. Im Lichthof ist eine kanonenartige Maschine installiert, die zu bestimmten Zeiten dunkelrot pigmentiertes Wachs mit Getöse auf eine Wand schießt. Die roten Klumpen, die sich inzwischen zu einem stattlichen Haufen angesammelt haben, wirken auf den ersten Blick wie das Ergebnis eines blutigen Massakers, die zufälligen Farbspuren auf der Wand haben hingegen etwas Poetisches. Ein interessanter Kontrast.

Das gesamte Erdgeschoss beherbergt derzeit 70 Arbeiten von ihm, u. a. den im Pariser Grand Palais gezeigten monumentalen Leviathan, der hier als nur teilweise aufgeblasenes Riesenmonster Räume füllt. Nachdem ich durch alle Räume gewandert bin, stelle ich fest, dass ich nichts mehr aufnehmen kann und den Besuch der Antes-Ausstellung verschieben muss. Ich bin mir noch nicht sicher, ob und welche Spuren Kapoor bei mir hinterlässt. Auf jeden Fall konfrontiert diese Kunst mich mit Grenzen der eigenen Wahrnehmung und stellt Bewertungen in Frage. Herausforderung durch einen Ausstellungsbesuch ist vielleicht nicht das schlechteste Ergebnis, was sich ein Künstler wünschen kann. Nachdem ich mich im Café etwas von der Wucht des Gesehenen erholt habe, bin ich froh, in Muße nach Hause radeln zu können.

Am Abend fahre ich noch einmal in die Stadt, um im Kino Filmkunst 66 die „Möbius-Affäre" zu sehen. Beste Unterhaltung. Mit meinem ersten Ferientag bin ich außerordentlich zufrieden.

Dienstag, 6.8.
Radele von Schlachtensee nach Potsdam, zunächst die Spanische Allee hoch, dann den Kronprinzessinnenweg entlang, am Wannsee vorbei, biege rechts nach der Brücke ab zum Flensburger Löwen, komme an der Liebermann-Villa vorbei und fahre die lange Strecke durch den Wald immer am Wasser entlang bis zur Glienicker Brücke. Hier sind wir so oft gefahren, wenn Fridu im Holländischen Viertel seine Beutezüge in den Antiquitätenhandlungen machte. Nach dem Überfahren der Brücke biege ich gleich rechts ab und fahre durch den Park, am Cecilienhof vorbei, bis nach Potsdam hinein zum Alten Markt. Dort schaue ich mir in einer Galerie eine Fotoausstellung an, die Gesichter von vor 100 Jahren und heutige Kindergesichter zeigt. Unter denen aus früherer Zeit sind einige Gesichter mit ganz heutigem Ausdruck. Anschließend kehre ich am Neuen Markt im Restaurant „Waage" ein und stärke mich für die mehr als einstündige Heimfahrt.

Donnerstag, 8.8.
Um 6.30 Uhr fahre ich mit dem Zug nach Eisenach, um das Bachhaus zu besichtigen. Elisabeth und Peter Bank hatten mir von einem eindrucksvollen Musikerlebnis dort erzählt. Vielleicht habe ich den falschen Tag erwischt, denn es sind so viele Menschen in dem Haus, das aus dem ruhigen Erlebnis im Klangraum nichts wird und ich das Weite suche. Ich habe eine Übernachtung im „Hotel am Bachhaus" gebucht und mache mich mittags auf zur Wartburg. Hier war ich kurz nach der Wende mit Fridu, als ich noch ein Auto hatte.

Es ist sehr heiß. Das Steigen nimmt kein Ende. Tatsächlich hatte ich völlig vergessen, wie hoch man steigen muss. Als ich oben ankomme, bin ich völlig geschafft und hoffe, dass mein neues Knie die Attacke übersteht. Die Burg ist wegen Bauarbeiten eingerüstet, aber der Blick vom Café aus in die Landschaft ist wunderschön. Ringsherum genervte Eltern und Kinder, die hungrig und durstig sind. Nach der anstrengenden Besichtigung entdecke ich die Möglichkeit, mit einem Großtaxi nach unten zu fahren. Bei dem anschließenden Streifzug durch die Stadt sehe ich mehr Gesichter, die Unzufriedenheit oder

Kummer ausdrücken als solche mit wacher Präsenz. Dabei sind fast alle Menschen mit Einkaufstüten beladen.

Ganz glücklich bin ich mit diesem Ausflug nicht. Etwas Diffuses nagt in mir. Ich setze mich in ein Café und schreibe an meinem Manuskript weiter. Beim Schreiben geht es mir allmählich wieder besser. Ich weiß, dass ich alle diese Situationen mit Fridu gemeinsam anders erleben würde. Er würde mich zum Lachen bringen oder etwas Interessantes entdecken, was mir in diesem Zustand nicht möglich ist. Ich finde einfach alles nur eng und fade. Später, beim Abendessen, fliege ich in einem Restaurant der Länge nach hin. Habe eine Stufe übersehen. Die feinen Gäste gucken konsterniert. Das ist der Moment, in dem ich innerlich lachen muss. Bin erleichtert, am nächsten Tag nach Berlin zurückfahren zu können.

Samstag, 10.8.

Sommerfest im Literarischen Colloquium am Sandwerder. Wie jedes Jahr ist es drinnen und draußen drangvoll. Auf der Terrasse und an verschiedenen Stellen im Garten wird gelesen. Nach kurzer Zeit schüttet es wie aus Eimern, und alle flüchten sich ins ohnehin voll besetzte Innere. Ich habe mir einen Platz in einem großen Raum gesichert und kann so die Lesung von John Burnside „Lügen über meinen Vater" miterleben. Der Übersetzer, ein junger Mann, dessen Namen ich mir nicht merken konnte, hat seine kleine Tochter dabei, die dauernd mit Bananen gefüttert werden will und heftig protestiert, wenn er versucht, einfach weiterzusprechen. Er macht das mit einer bewundernswerten Ruhe, aber ich frage mich dennoch, ob es keinen Babysitter gab, oder ob er die neuen Vaterqualitäten gleich mit seiner Übersetzungsarbeit mitliefern will. Keine Ahnung.

Burnside, der Autor, ist ein interessanter kantiger Typ, der offenbar schon viel Grenzwertiges in seinem Leben erlebt und durchgestanden hat. Der autobiographische Text des in Schottland geborenen Autors hat eine enorme sprachliche Wucht. Er erzählt von Hassliebe zum gewalttätigen, alkoholkranken Vater und der Mutter, die zu schwach war, um ihren Sohn vor dieser Gewalt zu schützen. Das Buch will ich auf jeden Fall ganz lesen.

Nach einer Pause ist Renate von Mangold mit Terezia Mora über ihr neues Buch „Das Ungeheuer" im Gespräch. Obwohl die Treffen und Lesungen im Literarischen Colloquium immer anregend und lebendig sind, ist die Atmosphäre beim jährlichen Sommerfest etwas ganz Besonderes. Der Regen hat sich verzogen und man kann nun wieder mit einem Glas Wein in der Hand oder einem Imbiss in dem weitläufigen Garten herumflanieren, bis direkt runter zum Wannsee. Überall diskutierende Menschen, Autoren, Verlagsleute, Leser und Leserinnen, spielende und jubelnde Kinder, Hunde. Ein wunderbarer Ort.

Sonntag, 11.8.
Uta Sax feiert heute ihren Geburtstag im „Ellington" in der Nürnberger Straße. Eine interessante Runde ist zusammengekommen. Mein Gegenüber am Tisch ist Carola Muysers, eine Frau, die sehr aktiv in der Netzarbeit ist und sich dafür engagiert, andere Künstlerinnen in der Öffentlichkeit bekannt zu machen. Auf ihrer Netzseite „Bees and Butterflies" bietet sie Informationen über deren aktuelle Aktivitäten in der Stadt an. Was sie mir erzählt, hört sich interessant an. Links von mir sitzt Monika Lakomy. Sie hat gerade ihren Mann, den Komponisten Reinhard Lakomy, verloren, fühlt sich schlecht und wundert sich, weil sie nicht weinen und überhaupt nur schwer trauern kann. Irgendwann sage ich ihr in dem Gespräch aus eigener Erfahrung: „Er lebt für Sie doch noch." Sie schaut mich überrascht an und bestätigt die Vermutung sofort.

Ein schöner Abend. Uta und Jürgen nehmen mich später in ihrem Wagen mit nach Hause, wir wohnen dicht beieinander.

Die nächsten Tage bleibe ich zu Hause. Stehe früh auf. Schreibe. Schreibe. Schreibe. Lese. Lese. Lese. Sitze stundenweise im Garten und schaue Eichhörnchen und Vögeln beim Fressen der Nüsse zu. Spiele mit dem Ferdi Kater. Gehe zum Training. Fahre öfter früh mit dem Rad um den Schlachtensee, wenn noch nicht alles überfüllt ist. Genieße es, einfach völlig frei und selbstbestimmt Impulsen folgen zu können. Ich habe längst festgestellt, dass es mir seit Wilfrieds Tod schwer fällt, innerlich wirklich tief zur Ruhe zu kommen. Mir ist sehr bewusst, dass die vielen Aktivitäten nicht nur dem Bedürfnis nach Anregung und Teilnahme entspringen, sondern auch damit zu tun haben, dass ich den Verlust von Fridu dann weniger schmerzhaft spüre.

Mittwoch, 14.8.
Rosi feiert heute ihren 43. Geburtstag. Kaum zu glauben, wenn man sie sieht. Da ich an ihrer offiziellen Einladung nicht teilnehmen kann, gehen wir am Vormittag ins Literaturcafé in der Fasanenstraße, um in Ruhe zu frühstücken und ausgiebig reden zu können. Rosi wirkt trotz der beiden Kinder mitunter noch mädchenhaft, kann aber auch aussehen wie ein schmaler Junge, dann wieder feminin und elegant.

Wir können wunderbar zusammen Schönes erleben: Kino, Ausstellungen, Konzerte. Die letzte Documenta in Kassel besuchten wir gemeinsam. In den Jahren nachbarschaftlichen Zusammenlebens ist sie mir sehr ans Herz gewachsen. Ihre Anteilnahme an meinem Befinden, die Freundlichkeit und selbstverständliche Hilfsbereitschaft sind schier grenzenlos. Sie ist durchaus streitfähig, und ich schätze ihren kritisch-analytischen Blick, das Hinterfragen von Ereignissen. Mitunter bin ich etwas in Sorge, dass sie bei all ihren Hilfseinsätzen selbst zu kurz kommt. Nach meiner Knie-OP war sie es, die mich morgens durch die Kinder mit Obstfrühstück und Cappuccino versorgte. Bei Erkältungen kocht sie die beste Nudelsuppe, und wenn etwas kaputt geht, hat sie Lösungen parat. Ohne ihre ermutigende Hilfe hätte ich den Computer schon mehrfach aus dem Fenster geworfen. Sie und ihre Familie sind eine wichtige Kraftquelle in meinem Leben geworden, unschätzbar für mein Wohlbefinden.

Donnerstag, 15.8.
Nach einem langen ungestörten Lesetag schaue ich mir abends den Film „Gold" mit Nina Hoss an. Es ist eine Art Western-Geschichte, die ich mir nur ihretwegen anschaue. Ich habe sie in vielen Inszenie-

rungen am DT und natürlich auch im Kino gesehen. Unvergesslich wird mir ihre „Medea" am DT bleiben.

Freitag, 16.8.

Das letzte Ferienwochenende. Am Abend Lesung von Peter Schneider aus seinem neuen Buch „Die Lieben meiner Mutter". Die Lesung findet in der Buchhandlung am Bayerischen Platz statt. Schon eine Stunde vor Beginn der Veranstaltung hat sich eine lange Schlange von Interessierten gebildet. Der Raum zwischen den voll beladenen Büchertischen ist arg eng. Wir sitzen wie Sardinen gequetscht ziemlich unbequem auf Bänken. Die Besitzerin und Buchhändlerin Christiane Fritsch-Weith lässt bei der Begrüßung erkennen, dass sie eine leidenschaftliche Bücherfrau ist, total engagiert und dabei deutlich resolut. Sie ist mir schon einmal bei einer Veranstaltung der Akademie der Künste am Pariser Platz aufgefallen.

Zum Glück liest Peter Schneider so, dass man ihm gerne zuhört, zumal der Inhalt des Buches ganz und gar ungewöhnlich ist. Die späte Entdeckung des erwachsenen Sohnes, dass die Mutter, die er zu kennen glaubte und früh verlor, noch ein ganz anderes Leben, ein Liebesleben jenseits der Ehe hatte. Ich habe das Buch bereits gelesen und genieße es jetzt, noch einmal vom Autor selbst die spannende Entstehungsgeschichte zu hören. Von dem Kofferfund mit zahlreichen Briefen, von ihm jahrelang mitgeschleppt und bei allen Umzügen nicht angerührt, bis vor einiger Zeit dann eben doch. Wie er die alte Sütterlin-Schrift nicht entziffern konnte und erst mit Hilfe einer Übersetzerin den Geheimnissen auf die Spur kam. Eine wirklich unglaubliche Geschichte.

Samstag, 17.8.

Vormittags kommt Patrick Meyer, um sich um den Garten zu kümmern. Die Bambusse werfen viel silbriges Laub ab, die Beete müssen entsprechend gesäubert, der Rasen geschnitten werden.

Am Nachmittag mit Sophie und Julius ins Kino, um „Percy Jackson" Teil 2 anzuschauen. Der erste Film hat mir besser gefallen.

Abends habe ich große Lust, wieder einmal die Oper „Don Carlos" zu hören. Ich habe einen Mitschnitt von der Inszenierung, die Konwitschny in Wien gemacht hat. Während ich der wunderbaren Musik lausche, sind mir die Bilder der fünfstündigen Aufführung gegenwärtig, auch die fast tumultuösen Zustände im Publikum. Es war zeitweise nicht klar, ob die Aufführung nach der Pause weitergehen könnte. Später erklärte mir Rosemarie, eine Wiener Freundin, dass es dort keineswegs unüblich sei, bezahlte Buh-Rufer zu engagieren, um Opern- oder Theaterabende zu stören. Unfassbar.

Donnerstag, 22.8.
Nach der Arbeit zum Theodor-Heuss-Platz zur Zahnbehandlung. Hoffentlich wieder nur Prophylaxe.

Samstag, 24.8.
Am Abend hat Behruz F., der Freund von Thomas und Rosi, uns alle zum „Tanz im August" eingeladen. Die Aufführung „Twerk" gefällt mir nicht so gut wie das, was wir im letzten Jahr sahen. Vielleicht ist es Glückssache, wofür man Karten bekommt. Aber ich habe auch viel zu wenig Ahnung von der aktuellen Tanzszene, um das Dargebotene wirklich würdigen zu können. Es ist auf jeden Fall schon alleine schön, sich mit ihnen zu treffen und anschließend zusammenzusitzen.

Montag, 26.8.
Erster Arbeitstag. Morgens höre ich im Radio, dass Wolfgang Herrndorf sich umgebracht hat, ein Schriftsteller, Maler und Illustrator. Seltsam, ich habe gerade „Sand" gelesen, ein sehr eigenartiges Buch. Es fiel mir stellenweise nicht leicht, in dieser halluzinatorischen Wüstenszenerie bei den bizarren Figuren zu bleiben, musste öfter innehalten und überlegen, ob ich den Erzählfaden noch hielt oder schon verloren hatte. „Tschick", ein anderes Buch von ihm, wird von allen gepriesen. 2010 wurde ein Gehirntumor bei ihm diagnostiziert. Darüber schrieb er in seinem Blog „Arbeit und Struktur". Nun hat er eine Wahl für sich getroffen und sich erschossen.

Samstag, 31.8.

Zwei Arbeitswochen sind bereits wieder vorbei. Die rasende Zeit macht mich fassungslos. Versuche, sie zu dehnen, gelingen leider nicht immer. In diesem Frühjahr hatte ich mir direkt vorgenommen, den Frühling sehr bewusst wahrzunehmen und zu genießen, aber dann ging alles wieder viel zu schnell. So als ob die Natur inzwischen das verrückte Menschentempo übernommen hat. Nach der Erleichterung über den endgültigen Abschied vom viel zu langen, harten Winter und der Vorfreude auf junges Grün, platzende Knospen und Blütenwunder war die Zauberpracht oft schon vorbei, obwohl ich im Gefühl immer noch darüber staunte, dass diese Verwandlung überhaupt stattfindet. Inzwischen klingt der Sommer allmählich aus und erste Herbstboten kündigen sich an.

Am Abend treffe ich nach langer Zeit Anja Oeck im Literaturcafé in der Fasanenstraße. Sie ist aus Hamburg zu Besuch. Wir kennen uns von Peter Konwitschnys Opernarbeit und haben viele seiner Inszenierungen, auch die Vorarbeiten, gemeinsam erlebt. Anja hat sogar ein Buch darüber geschrieben, „Musiktheater als Chance. Peter Konwitschny inszeniert".

Es wird ein sehr intensives, stundenlanges Gespräch. Der kürzliche Tod der Mutter und eine Trennung von ihrem Lebensgefährten machen ihr sehr zu schaffen. Die Verbindung ihrer Arbeit bei Greenpeace und dramaturgische Projekte an Oper und Theater sind ebenfalls nicht einfach. Mit anderen Worten, für sie ist das Leben gerade ein Berg von ungelösten Problemen, an dem sie sich abzuarbeiten hat und noch nicht weiß, woher sie die Kraft nehmen soll.

Kurz bevor wir aufbrechen wollen, setzt sich ein seltsamer Typ an unseren Nachbartisch. Er nimmt gleich Kontakt auf, bedauert, dass wir gehen wollen und erzählt, dass er erotische Gedichte schreibt, aus der Schweiz kommt, aber regelmäßig in Berlin ist. Amüsiert lassen wir uns kurz auf ein kleines Geplänkel ein. Nachdem er uns jeweils mit einer beeindruckenden Visitenkarte versorgt hat und sich dringend Telefonate oder Mails von uns erhofft, ziehen wir lachend ab. Anja und ich verabschieden uns mit dem festen Vorsatz, häufiger miteinander zu telefonieren.

Sonntag, 1.9.
Mittags noch einmal Verabredung mit Maxi A. und Michael L. wegen der Praxis. Wir treffen uns im Restaurant „Ferrara". Im Laufe des Gespräches stellt sich für mich endgültig heraus, dass eine Aufteilung der Praxis nicht infrage kommt. Die juristischen und technischen Probleme, die damit verbunden sind, auch das Abhängigkeitsverhältnis entsprechen nicht meinen Bedürfnissen. Maxi wird zusehends wortkarger, sie ist offensichtlich nicht nur enttäuscht, sondern auch verärgert, obwohl ich zu keinem Zeitpunkt etwas versprochen habe. Die Verabschiedung verläuft kühl. Schade.

Dienstag, 3.9.
Nach einem vollen Arbeitstag erlaube ich mir heute, eine Stunde früher aufzuhören, um in der Akademie am Pariser Platz um 20 Uhr die Lesung von Terézia Mora „Das Ungeheuer" zu erleben. Katja Lange-Müller, selbst eine vielfach gepriesene Autorin, begrüßt Gäste und Publikum im vollbesetzten Saal. Anschließend gibt die mir unbekannte Frauke Meyer-Gosau eine Einführung und führt mit Frau Mora ein Gespräch über den Produktionsprozess des umfangreichen Buches. Erst danach beginnt die Lesung.

Der Held des Buches ist Darius Kopp, um den es bereits in ihrem letzten Roman „Der einzige Mann auf dem Kontinent" ging. Kopp ist ein erfolgreiches Arbeitstier, bis er seinen Job verliert und seine geliebte Frau Flora Selbstmord begeht. Er fällt in tiefe Depression und wird völlig lebensunfähig. Juri, ein Freund, versucht ihm zu helfen, ihn wieder funktionsfähig zu machen, was aber nicht gelingt. Kopp macht sich schließlich auf, reist nach Ungarn, wo Flora aufgewachsen ist. Hier will er ihre Urne bestatten. Nach dem Suizid hat er ihr Tagebuch gefunden, das er mit auf die Reise nimmt. Erst jetzt, bei der Lektüre, erfährt er, dass sie auf Grund schrecklicher Erlebnisse schon immer gefährdet war, er aber über ihre Nachtseite unwissend blieb.

Das Buch ist so konzipiert, dass jede Seite geteilt ist. In der oberen Hälfte erzählt Kopp, in der unteren Hälfte spricht die tote Flora durch ihre Tagebuchaufzeichnungen. Keine leichte Lektüre, aber ich bin neugierig geworden und werde mir das Buch in meiner Buchhandlung besorgen. Bin auf dem Nachhauseweg noch hellwach.

Donnerstag, 5.9.
Abends mit Roswitha und Eberhard ins Kino Capitol, um „Das Mädchen Wajda" zu sehen. Der erste von einer Frau in Saudi-Arabien gedrehte Film erzählt die Geschichte des 11-jährigen Mädchens Wajda, das alleine mit ihrer Mutter lebt, weil der Vater von der Familie gezwungen wurde, eine weitere Frau zu heiraten, damit sie ihm einen Sohn gebiert. Wajda träumt davon, ein eigenes Rad zu haben. Aber Radfahren ist in ihrem Land für Mädchen verboten. Mit ihrem männlichen Spielgefährten übt sie mit dessen Rad heimlich auf ihrer Dachterrasse das Fahren. Die letzte Bildeinstellung des Films, in der Wadja mit ihrem eigenen Rad Richtung Horizont fährt, trägt den Symbolcharakter von Aufbruch und Hoffnung auf Befreiung.

Es ist mehr als fraglich, ob der Film in Saudi-Arabien überhaupt gezeigt werden darf. Später tauschen wir uns im „Alten Dorfkrug" noch eine ganze Weile über unsere Eindrücke aus. Die Konfrontation mit subtilen und massiven gesellschaftlichen Einschränkungen der Frauen macht mich wütend. Neumanns fahren mich nach Hause. Beim Abschied verabreden wir uns für Samstag zu einer Veranstaltung in der Akademie am Hanseatenweg.

Samstag, 7.9.
Am Vormittag habe ich einige Stunden in der Praxis zu arbeiten. In Notfällen spielt das Wochenende keine Rolle. Um 19 Uhr treffe ich Roswitha und Eberhard in der Akademie. Wir wollen den Dokumentarfilm „Lontano" von Andreas Lewin über die Arbeit von Peter Stein sehen, dem großen Theaterregisseur. Die Menschen drängen sich. Der große Saal ist bis auf den letzten Platz besetzt. Der Film ist interessant gemacht, denn es wird gezeigt, wie der heutige Peter

Stein in der Toskana auf seinem Gut vor einem Laptop sitzt und – jeweils kommentierend – seine alten Schaubühnen-Inszenierungen anschaut, in denen er als schöner junger Wilder herumspringt und Regieanweisungen gibt.

Im Publikum sitzen etliche Mitglieder des früheren Ensembles. Vor mir in der Reihe sehe ich Edith Clever, etwas weiter unten Jutta Lampe. Es ist eine sehr spezielle Erfahrung, die damals blutjungen Schauspieler in den Filmaufzeichnungen in ihren Rollen agieren zu sehen und gleichzeitig ganz real, gealtert, hier im Publikum zu erleben. Die Kommentare von Stein sind witzig, mitunter erstaunt. Ich erinnere noch, wie ich 1971 mit Fridu in der damaligen Schaubühne am Halleschen Tor Therese Giese in dem Stück „Die Mutter" von Maxim Gorki sah. Otto Sander spielte den Sohn. Diese „Zeitreise" bewirkt eigenartige, auch mit Wehmut verbundene Gefühle. Bilder, die zum eigenen Jungsein gehören und die Lebensgeschichte prägen, bezeugen jetzt den unwiderruflichen Prozess des Älterwerdens. Bezeugen in jedem Fall, dass die bereits vergangene Zeitspanne größer ist als die, die noch vor mir liegt.

Donnerstag, 12.9.
Treffe um 16 Uhr Suzanne Pradl, Buchscout, im Literaturcafé. Wir besprechen die Möglichkeit, aus meinem Buch „Schattenjagd" ein Drehbuch für einen Film zu machen. Frau Pradl kann es sich vorstellen. Sie findet die Figur der Dr. Charlotte Graf interessant und denkt an Martina Gedeck für die Rolle der Therapeutin. So ein Projekt müsste von mir vorfinanziert werden, ohne die Sicherheit einer Realisierung, die ohnehin Jahre dauern würde. Ich werde mir die Sache in Ruhe überlegen. Eigentlich möchte ich mich selbst einmal am Drehbuchschreiben versuchen.

Am Abend in den Nachrichten: Otto Sander ist gestorben.

Freitag, 13.9.
Mit Uta Sax zu der Vernissage, die Dr. Carola Muysers in der Prinzenstraße 7 in einem winzigen Raum veranstaltet. Die Künstlerin,

eine nicht mehr ganz junge, sehr warmherzig wirkende Polin, liest zunächst aus einem biografischen Roman. Ihre Bilder sind phantasievolle Collagen und Traumbilder. Es gibt Snacks und Getränke. Nach kurzer Zeit ist der Raum total überfüllt. Uta und ich treten nach zwei Stunden die lange Heimreise an. Uta bedauert, dass keine Gelegenheit war, in Ruhe mit der Gastgeberin zu sprechen. Wenn ich ehrlich bin, fand ich den Ort und die ganze Veranstaltung mehr als seltsam.

Samstag, 14.9.
Eine Verabredung mit Barb Kirkamm kommt nicht zustande, weil sie krank wurde, nachdem ihre Tochter wieder nach Frankreich abgereist ist. Barb, die sehr eng mit Nina und Peter befreundet ist, hat sowohl in der Akademie Ost als auch in der westlichen gearbeitet. Sie hat mir schon oft bei der Bearbeitung von Manuskripten geholfen, ist in ihrer Einschätzung unbestechlich und mitunter ziemlich streng, aber immer auch hilfreich und ermutigend. Schade, dass aus dem Treffen nichts wird.

Abends hat mich eine Klientin zu einem Konzert eingeladen, bei dem sie in einem Chor mitsingt. Es findet in der überfüllten Gethsemanekirche statt. Rechtzeitig eingetroffen, finde ich vorne in der zweiten Bank noch einen Platz.

Das Programm bietet neben anderen Klassikern auch Kompositionen von Louis Spohr. Offenbar findet in dieser Kirche intensive Gemeindearbeit statt, denn in der Pause werden draußen von Erwachsenen und Kindern selbstgebackener Kuchen, belegte Brötchen, Wasser, Kaffee und Säfte verkauft. Zwischen vielen Anwesenden herrscht ein familiärer Ton. Die lange Hinreise hat sich gelohnt. Es gelingt mir sogar, in dem regen Treiben wenigstens kurz mit B. zu sprechen und ihr meine Freude über den gelungenen Abend und den wirklich schönen Chorgesang, der auch von hochkarätigen Solisten und einigen Streichinstrumenten begleitet wird, mitzuteilen. Offenbar freut sie sich, dass ich tatsächlich gekommen bin.

Sonntag, 15.9.

Herr Wannagat aus dem Gartencenter an der Lindentaler Allee kommt gegen 10 Uhr, um sich im Garten umzusehen und mit mir die Neubepflanzung mit Bambus zu besprechen. Der lange und harte Winter hat an einigen Stellen traurige Lücken hinterlassen, die ich gerne schließen möchte. Wir sind uns schnell einig, dass auch noch einige Hortensien gepflanzt werden. Ein Angestellter wird das bereits nächste Woche in Angriff nehmen.

Seit Fridus Tod hat sich der Garten verändert. Zwei riesige Kiefern mussten wegen der Gefahr zu stürzen geschlagen werden. Die Bambusse sind kräftig und hoch gewachsen, haben aber den kleinen Pfennigbaum in der Nähe der Terrasse umgedrückt. Nun stehen dort große blaue Töpfe mit zum Teil winterharten Pflanzen, dazwischen das Vogelhaus, in das ich jeden Morgen Nüsse lege. Es kommen nicht nur Eichelhäher und Buntspechte, sondern auch Meisen, Stare, Sperber, Amseln und solche, die ich gar nicht kenne. Immer wieder sitzen auch Eichhörnchen auf dem Dach des Vogelhauses und knabbern in meditativer Ruhe eine Nuss nach der anderen. Einmal, ich traute meinen Augen kaum, lief sogar eine Maus an den Streben hoch und saß futternd mitten in einem kleinen Berg von Nüssen. Inzwischen sorgt Ferdi für weitgehende Mäusefreiheit, wobei die Kinder die von ihm gefangenen und noch lebenden Mäuse, die er stolz als Beute anschleppt, unter Jammern und Wehklagen – „Ach, die arme Maus!" – zu retten versuchen.

Mittwoch, 18.9.

Marcel Reich-Ranicki ist tot!

Donnerstag, 19.9.

Am Abend ist in der Villa Griesebach die Herbst-Auktion. Seit ich 2001 aus dem Erbe von Fridu dort zwei Bilder von Hannah Höch verkaufte, bekomme ich regelmäßig Einladungen. Die Auktionen, die ich bisher dort erlebte, sind alle sehr aufregend und spannend gewesen.

Heute kann ich nicht hingehen, weil Thomas Geburtstag feiert.

Am Abend ist ein gemeinsames Essen geplant. Rosi wird was Tolles kochen und Thomas Mutter, Ute Frank, ist als Überraschungsgast extra aus Süddeutschland angereist. Thomas, der in Mitte eine kardiologische Praxis hat, kommt gerade rechtzeitig, als der Tisch festlich fertig gedeckt ist und die Kinder die Kerzen angezündet haben. Das, was Thomas sich am meisten wünscht, können wir anderen ihm leider nicht schenken – mehr Zeit für Rosi, die Kinder, sich selbst, für Freunde und Sport. Vielleicht gelingt es ihm im neuen Lebensjahr, sich selbst damit zu beschenken.

Samstag, 21.9.
Bin am Abend mit Roswitha und Eberhard verabredet. Wir wollen im Kino Capitol den Film „Zwei Leben" mit Juliane Köhler sehen. Der Film konfrontiert wieder einmal schmerzhaft mit den brutalen Folgen der Nazizeit, aber auch mit Aspekten der DDR-Vergangenheit. Juliane Köhler spielt die Rolle der Frau mit einem aufgezwungenen Doppelleben so, dass einem zeitweise der Atem stockt. Die Stimmung danach ist bedrückt. Wie viele zerstörte Menschenleben? Und wofür das alles? Wer weiß, was im Laufe der Jahre noch alles ans Licht kommen wird?

Sonntag, 29.9.
In der Schaubühne am Lehniner Platz findet einmal im Monat, am Sonntagvormittag um 12 Uhr, ein „Streitraum" statt. Meist wird gar nicht gestritten, sondern lebhaft diskutiert. Das Thema heute lautet „Die neue Liebesordnung". Die stets engagierte Carolin Emcke sitzt mit Eva Illouz vorne auf dem Podium. Illouz, die israelische Soziologin, hat ein Buch geschrieben, „Warum Liebe weh tut". Darin geht es auch um ihr Fazit nach der Lektüre der drei Bände „Shades of Grey". Sie hat untersucht, warum diese pornografischen Bücher weltweit einen solchen Riesenerfolg erzielen konnten und kommt zu einer interessanten Schlussfolgerung: Sie erklärt, dass die Auflösung der Geschlechterstereotypen, mit anderen Worten die Gleichstellung, viele Unsicherheiten mit sich gebracht hat. Ihre These ist nun die, dass

einverständlicher sadomasochistischer Sex, von dem in den Büchern so viel die Rede ist, vielleicht einen Weg bietet, die traditionellen Geschlechterrollen und die damit verbundene emotionale und sexuelle Beziehung zwischen Mann und Frau wieder in vertrauter Weise zu organisieren, alte Erregungsmuster zu beleben. Interessante Idee, an der mir vieles gleich einleuchtet.

Neumanns und ich gehen anschließend ins „Lee Wah", dem chinesischen Restaurant schräg gegenüber am Kurfürstendamm, um zu essen. Als wir danach den Kurfürstendamm entlanglaufen, kommen wir an einem großen Teppichgeschäft vorbei, das gerade einen Ausverkauf macht. Roswitha, die für ihre Praxis auf der Suche nach einem schönen neuen Teppich ist, hat Lust, ein bisschen zu gucken. Überraschenderweise findet sie zwei Teppiche, die ihr besonders gut gefallen. Eberhard hat Bedenken, aber Roswitha entscheidet sich sofort, die Teppiche mit dem Taxi gleich in die Praxis zu fahren. Wenn sie nicht passen sollten, holt der Besitzer sie am nächsten Tag ab. Und siehe da, es stellt sich später heraus, dass sie eine sehr gute Wahl getroffen hat. Nachdem wir uns verabschiedet haben, fahre ich mit dem Rad die schöne Strecke durch den Grunewald nach Hause.

Dienstag, 1.10.

Habe zufällig von „Zeit Reisen" einen Katalog in die Hand bekommen und treffe spontan die Entscheidung, im nächsten Oktober in den Iran zu reisen. Die Anzahlung ist gemacht, und ich kann gleich damit beginnen, mir Lektüre zusammenzustellen, um mich zu informieren. „Dein Name" von Navid Kermani ist der Anfang. Aber ich will auch noch einmal „Lolita lesen in Teheran" lesen und aktuelle Reiseberichte. In mir ist eine tiefe Vorfreude. Wie schade, dass ich mich mit Freidun, dem iranischen Freund aus der Studienzeit in Münster, darüber nicht mehr austauschen kann. Verstehe nicht, warum er angesichts meines mehrfach geäußerten, harmlosen Wunsches, mir ein Foto von sich und seiner Familie zu schicken, wie verbockt ist und sich nicht mehr rührt.

Donnerstag, 3.10.
Den Tag der Deutschen Einheit verbringe ich bei Nina und Peter in Spindlersfeld. Inzwischen sind sie mit ihrem Einrichtungsprojekt viel weiter als bei meinem letzten Besuch. Im Eingangsbereich hängen überall Bilder, wie in einer Galerie. Peter hat während seiner Tätigkeit in der Akademie der Künste und als Leiter des Künstlerhofes Buch viele Geschenke erhalten. Alles wirkt einladend, hell und freundlich. Sogar der Keller macht einen wohnlichen Eindruck. Endlich ist die Stimmung von Freude und Erleichterung geprägt. Das, was jetzt noch an Arbeit auf sie wartet, ist zu bewältigen. Nina hat eine leckere Fischsuppe gekocht, die wir im Bibliothekszimmer an der Gartenterrasse löffeln.

Wir sprechen wieder einmal über das Thema der Wiedervereinigung. Beide erzählen erneut lange und ausführlich, wie ihre Situation in der früheren DDR war. Von Peters beruflichem Aufenthalt in Madrid, bei dem Nina und die Kinder dabei waren. Was sie dort Unerhörtes erlebten. Wie sie zurückberufen wurden, wie sie trotz der Verlockungen nicht im Westen bleiben wollten und wie sehr sie an den Fehlentwicklungen in der DDR litten.

Vor kurzem habe ich die Serie „Weißensee" gesehen, weil eine Klientin mich darum gebeten hatte. Sie leidet immer noch unter den ihr zugefügten Schikanen. Mich packt jeweils eine ungeheure Wut auf das System.

Diese Gespräche über unsere unterschiedlichen Erfahrungen sind stets hilfreich, tief und gut. Ich lerne dadurch besser zu verstehen, wie das Leben damals für DDR-Bürger wirklich war, auch wie unterschiedlich richtig oder falsch, je nachdem wie man zu dem Staat stand und in welcher Funktion man tätig war. Fühle mich nach jedem Besuch bei den Freunden reich beschenkt.

Als wir uns 1985 kennenlernten, lebte Peters Mutter, Dora Schaul, noch. Wir begegneten uns bei einem der spannenden Ost-West-Treffen, die Sarah Haffner, Berliner Malerin und Autorin, einmal im Jahr in einer Ostberliner Kneipe oder einem Restaurant mit Freunden von beiden Seiten veranstaltete. Der Kontakt zu Sarah entstand 1983 bei einem Gespräch zwischen Wilfried und ihr anlässlich der Vorbereitung zu einer gemeinsamen feministischen Veranstaltung. Sie war von der Farbgebung in unserer Wohnung begeistert und fühlte sich in den Türkis-Blau-Tönen sofort heimisch. Von Sarah kaufte ich ein Bild, um es als Cover für mein erstes Buch „Berührungen – Gespräche über Sexualität und Lebensgeschichte" verwenden zu können. Später folgten viele weitere Bilderkäufe, so dass in unserem Haus eine umfangreiche Sammlung ihrer farbstarken Werke – Stillleben, Gesichtslandschaften, Stadtlandschaften – zu finden ist.

Bei dem Treffen unterhielt ich mich lange mit Dora, die als deutsche Jüdin und Kommunistin im französischen Widerstand tätig war. Ausgerechnet in Lyon, in jenem Gebäude, in dem auch Klaus Barbie in unheilvoller, brutaler Weise die Durchsetzung seiner mörderischen Aktionen kontrollierte. Die Entwicklung nach der Wende muss für Dora, die selbst Monate in einem französischen Frauenlager interniert war, zutiefst niederschmetternd und enttäuschend gewesen sein. Alles, wofür sie gekämpft und woran sie geglaubt hatte, war entwertet. Damals, in dem Restaurant, dessen Name mir entfallen ist, vielleicht waren es die „Offenbach-Stuben", kamen Nina und Peter dazu. Die wechselseitige Sympathie war sofort spürbar und ist seither zu einer verlässlichen Freundschaft gewachsen, in der konkrete Hilfe und Austausch eine große Rolle spielen. Wenn ich bei ihnen im Garten Mittagsschlaf mache, fühle ich mich wie als Kind geborgen.

Freitag, 4.10.
Zu Kirsten M. in den Weingartenweg. Wir haben uns nach Wilfrieds Tod nicht mehr gesehen, aber einige Briefe geschrieben. Jetzt gibt es viel zu erzählen. Seit dem Tod der Mutter, die sie bis zum Schluss gepflegt hat, bewohnt sie mit ihrem Partner Ralf das große Elternhaus, aus dem sie aber unbedingt ausziehen möchte, weil es viel zu riesig ist. Während wir ihren selbst gebackenen Kuchen essen, erzählt mir Kirsten von ihrer Liebe zu Sardinien und von einem sehr speziellen Literaturfestival, welches dort stattfindet. Sie zeigt gesammelte Zeitungsartikel und Fotos. Kaum zu fassen. In Zukunft möchte sie

mindestens ein halbes Jahr dort verbringen und in Berlin vielleicht ein Geschäft mit sardischen Produkten eröffnen. Spannend, wie Entwicklungen verlaufen können.

Auf der Rückfahrt nach Schlachtensee kaufe ich mir am Theodor-Heuss-Platz eine Ausgabe von „Die Zeit". Beim Lesen fällt mir erneut ein Reiseprospekt in die Hände. Darin finde ich wieder die Iran-Reise, die ich inzwischen gebucht habe.

Alle die von diesem Plan hören, sehen mich an, als ob ich den Verstand verloren hätte, verbunden mit der Frage, was um Himmels Willen ich denn im Iran will. Ja, was will ich im Iran? Auf jeden Fall mir eigene Eindrücke verschaffen, denn als ich mich in Freidun Y. verliebte, war es aus politischen Gründen damals unmöglich, seine Familie in Teheran zu besuchen und das Land zu bereisen. Freidun stand auf der Schwarzen Liste des Schah-Regimes. Bei dessen Besuch in Berlin 1967 musste er sich jeden Tag auf der Polizeiwache in Münster melden. Ich weiß noch, wie absurd ich das damals fand, war eben politisch völlig naiv und unreif, während er sich ernsthafte Sorgen um die Entwicklung in seinem Land machte. Ich vergaß auch nach unserer Trennung nie, was ich ihm alles an neuen Erfahrungen und Anregungen verdanke, verlor auch später nie das Interesse an diesem Land. Jetzt findet die Reise eben Jahrzehnte später und sehr anders statt. In Reisevorlust habe ich Bücher besorgt, die mir das Land und seine Kultur näherbringen werden. Bis jetzt umfasst die Sammlung schon sieben:

„Das Haus an der Moschee" von Kader Abdolah,

„Persien – Gottes vergessener Garten" von Jason Elliot,

„Eine iranische Liebesgeschichte zensieren" von Shahriar Mandanipur,

„Tod in Persien" von Annemarie Schwarzenbach,

„Die Reise nach Isfahan" von Pierre Loti und

„Schwarze Schleier, grüne Fahnen" von Carola Hoffmeister.

Unter meinen zahlreichen Büchern befindet sich vielleicht auch noch „Im Iran" von Kate Millett. Bis zum nächsten Jahr wird die Liste auf jeden Fall weiter anwachsen.

Mit Neugier studiere ich längst den umfangreichen Reiseführer. Die Route ist bereits bekannt. Wir werden von Istanbul nach Schiras fliegen, die Mausoleen der berühmten Dichter Saadi und Hafis aufsuchen, dann durch einen der bekanntesten Gärten Irans spazieren, dem Bagh-e Naranjestan und natürlich die Nasir-al-Molk-Moschee ausgiebig besichtigen. Ein Tag ist für das ca. 80 km entfernte Persepolis reserviert. Dann geht es weiter nach Pasargadae, Abarkuh und nach Yazd, ein Zentrum der Zarathustrier. Wir werden die „Türme des Schweigens" und die berühmte Freitagsmoschee sehen.

Die Fahrt wird uns entlang der großen Dasht-e-Kavir Wüste über Nain nach Isfahan führen. Die Stadt zählt mit ihren zahlreichen Kunstschätzen und prachtvollen Bauten zu den schönsten Städten der Welt und der Imam-Platz mit Palast und Moscheen zum UNESCO-Weltkulturerbe. Die Weiterfahrt nach Teheran wird für einen Teil der Reisegruppe den Abschluss bilden, während ich mit drei mir noch unbekannten Reisegefährten durch das Elbruz-Gebirge nach Rasht, Masuleh und Sarein, einem bekannten Heilbad, weiterreise. Ardebil und Täbris werden für mich die letzten Stationen sein. Von Täbris aus geht es zurück nach Istanbul und Berlin.

Noch nie habe ich eine Reise so zeitig und gründlich vorbereitet. Ein bisschen Farsi möchte ich auch noch lernen.

Montag, 7.10.

Heute geht es erst einmal für ein paar Tage nach Lissabon. Am Vormittag Hinflug von Berlin-Tegel. In Lissabon angekommen, fahre ich mit dem Taxi vom Flughafen in die Stadt. Das Hotel „Casa de Sao Mamede" in der Rua da Escola Politechnica 159 liegt in unmittelbarer Nähe des Botanischen Gartens. Nizar Rokbani, selbst ehemaliger Besitzer einer Hotelkette, hat es mir empfohlen, und ich bin nicht enttäuscht. Die Zimmer sind komfortabel und haben dabei noch etwas vom Charme früherer Zeiten. Das Personal ist ausgesucht freundlich und hilfsbereit, die Atmosphäre familiär.

Nachdem mein leichtes Gepäck verstaut ist, laufe ich bei sommerlichen 28 Grad und strahlendem Licht los, um die Gegend zu erkunden. Vom ersten Moment an kann ich mich gut orientieren. Vom höher gelegenen Rato-Viertel brauche ich im Grunde nur immer nach unten zu gehen, um in das belebte Bairro Alto zu kommen und damit zum Ufer des Tejo.

In den folgenden Tagen erkunde ich die Stadt zu Fuß und mit den kleinen Straßenbahnen. Die Linie 28 windet sich durch die Alfama, die Unter- und Oberstadt, und überwindet mit quietschenden Geräuschen und Bimmeln enorme Steigungen. In den Pausen trinke ich Cappuccino und esse wunderbare Vanilletörtchen. Abends suche ich mir irgendwo ein Restaurant, um meist schmackhaft zubereiteten Fisch und Salat zu essen. Die Menschen, denen ich beim Unterwegssein begegne, empfinde ich als freundlich.

Vieles erscheint mir auf eine angenehme Art schlichter als bei uns. Von der Dramatik der Wirtschaftskrise bekomme ich bei der zwangsläufig oberflächlich bleibenden Betrachtung kaum etwas mit. Auf einem späten Streifzug entdecke ich zu meiner großen Begeisterung die Cinemateca Portuguesa, die mich an das Arsenal in Berlin erinnert. Es gibt drei große Säle, in denen unterschiedliche Filme gezeigt werden. Ich sehe mir mit einer kleinen Schar von Zuschauern einen uralten französischen Stummfilm aus den Anfängen des Kinos an. Der Film erzählt die wechselvolle Geschichte eines Fährschiffes auf der Seine und seiner Bewohner. Liebe, Mord und Totschlag – alles dabei. In der Nacht laufe ich durch die inzwischen stillen Straßen zu meinem Hotel zurück.

Bei einem anderen Spaziergang am Ufer des Tejo komme ich auf dem Rückweg zufällig durch eine unscheinbare Straße, die Rua das Janelas Verdes, in der mir eine hohe rosafarbene Mauer auffällt. Als ich ein kleines Tor öffne, stehe ich vor einer hohen Treppe, die auf eine mit üppigem exotischen Grün bewachsene Terrasse führt. Zu meiner Verwunderung finde ich hier vier Personen in komfortablen Liegestühlen, in Lesen und Schreiben vertieft. Bis auf das Gezwitscher der Vögel herrscht absolute Stille. Vom soeben noch lärmigen Verkehr auf der Straße ist nichts mehr zu hören.

Ich fühle mich wie aus der Zeit gefallen, in eine Szene aus einem englischen Roman des 19. Jahrhunderts versetzt. In dieser paradiesischen Oase nehme ich an einem Tisch Platz, bestelle Kaffee und ein Thunfisch-Sandwich, erfahre dabei, dass das „York House" ein Hotel in einer ehemaligen Klosteranlage ist, in dem bereits Graham Greene genächtigt und gearbeitet hat. Das 34-Zimmer-Haus beherbergt sogar eine kleine Bibliothek. Ich schwöre mir, bei einem nächsten Aufenthalt in der Stadt hier Quartier zu beziehen.

Am Donnerstag vor meiner Rückreise nehme ich den Bus 714 nach Belém, um Mosteiro Dos Jerónimos zu besichtigen, seit 1983 Weltkulturerbe. Die fast 300 Meter lange Klosteranlage aus dem 15. Jahrhundert ist ein atemberaubend monumentales Bauwerk aus einer Zeit der wirtschaftlichen und kulturellen Blüte, als die Portugiesen auf den Weltmeeren als Entdecker und Eroberer unterwegs waren. Hier wurden die Seefahrer gesegnet, bevor sie zu ihren Reisen ins Unbekannte aufbrachen. Angeblich soll auch Vasco da Gama hier vor seiner Indienreise gebetet haben. Nach zwei Stunden Besichtigung und architektonischer Reizüberflutung bin ich völlig erschlagen und setze mich erst einmal am Wasser auf eine Bank, um den Augen Erholung zu gönnen.

Freitagnachmittag geht es bereits zurück nach Berlin. Es fällt mir schwer, Abschied zu nehmen. Die Zeit war zu kurz für die vielen Möglichkeiten, Neues zu entdecken. So sind mir nächtliche Barbesuche, bei denen ich den berühmten Fado-Gesang an authentischen Orten hätte erleben können, leider wegen Müdigkeit entgangen. Aber der Aufenthalt war lang genug, um ein rundes Wohlgefühl, samt dem Wunsch wiederzukommen, mitzunehmen.

Samstag, 12.10.
Die Temperaturunterschiede bei der Rückkehr sind beträchtlich. Noch viel beeinträchtigender ist allerdings der Mangel an Licht. Abends höre ich Alban Gerhard im Konzerthaus spielen und erlebe ihn anschließend in einem Gespräch. Der ausgeprägte Individualist gibt auf Fragen des Moderators völlig unerwartete, teilweise witzige und freche Antworten. Er nimmt überhaupt wenig Rücksicht auf Eti-

kette oder Formen. Gerhard ist dem Musikbetrieb gegenüber äußerst kritisch eingestellt und scheint frei davon zu sein, unbedingt gefallen zu wollen.

Lese spätabends weiter in „Dein Name" von Navid Kermani. Ob ich die 1223 Seiten zu all den anderen Büchern, die ich noch lesen will, vor meiner Iran-Reise schaffe? Auf Seite 255 steht: „Wir würden nichts darüber lernen, wie abscheulich es sei zu sterben, wie unvorstellbar skandalös, im Wortsinn himmelschreiend. Kennten wir doch: Tod gehört zum Leben, tausendmal reflektiert, kapiert, akzeptiert, jeder von uns tritt einmal ab, was man so sage und denke. Aber anwesend zu sein, wenn jemand Geliebtes stirbt – das müsse zu den wenigen Erfahrungen gehören, die das Leben in ein Davor und ein Danach aufteilen." Im Gegensatz zu Kermani erfüllt mich die Vorstellung an meinen Tod nicht mit Abscheu oder Empörung. Im Gegenteil, die Gewissheit der eigenen Endlichkeit hat etwas zutiefst Beruhigendes, anders als der plötzliche Verlust des geliebten Menschen, der tatsächlich nur skandalös empfunden werden kann und das Leben in ein Davor und ein Danach zerteilt.

Das Buch ist nicht nur vom Umfang, sondern auch vom Konzept her ungewöhnlich. Indem der Autor ein Totenbuch verfassen will, Verstorbene beschreibt, die sein Leben nachhaltig geprägt haben und es weiter tun, Verwandte, Freunde, Künstler, Philosophen, taucht er gleichzeitig immer in den gegenwärtigen Strom seines aktuellen Lebens ein, schildert minutiös Tagesverläufe, Beziehungsdramen, Reisen, Sexualität, politisches Geschehen, belebt Familiengeschichte aus dem Iran, bezieht die Lebensbeschreibung des Großvaters mit ein und zieht den Leser in ein kunstvolles Sprachgeflecht hinein, einem kostbaren Teppich gleich mit geheimnisvoll ineinander verschlungenen Ornamenten, gewebt aus farbigen Lebensfäden.

Hoffentlich werde ich auf dieser langen Lesereise nicht ungeduldig. Von überall her wachsen mir jetzt Informationen zu dieser Reise zu. So auch ein fünfstündiges Feature, das mir Rosvita Krausz von einer Freundin schickt. Alles, was mir diesbezüglich zufällt, erhöht meine Vorfreude und Begeisterung. Besonders gespannt bin ich auf Isfahan.

Freitag, 18.10.
Treffe Andreas Goosses im Literaturcafé. Wir sprechen über seinen Wunsch, in eine Praxis einzusteigen. Was ihm aber viel wichtiger ist, ist die sensationelle Neuigkeit, dass er mit Kathrin, seiner Partnerin, ein Kind bekommt. Über diese Nachricht freue ich mich enorm. Erzähle von Lissabon und meinen Iran-Reiseplänen. Andreas ist nicht entsetzt, sondern begeistert. Er hält es für ein sehr gutes Zeichen, dass ich wieder Lust auf solche Erfahrungen habe.
Abends spät weitere Stunden mit Kermani verbracht.

Freitag, 25.10.
In der Nacht ein Traum: Wir wohnen in einer großen, hufeisenförmig angelegten Wohnung. In einem Raum mit vielen Menschen wird ein Vortrag über Gewalt gehalten, von wem weiß ich nicht. Irgendwann mittendrin schleiche ich mich auf Zehenspitzen hinaus, um im vorderen Teil der Wohnung auf die Gästetoilette zu gehen. Als ich durch ein großes Durchgangszimmer gehe, lugt Fridu von der anderen Seite vorsichtig um die Ecke. Wir lachen beide lautlos und gehen mit verschwörerischem Blick aufeinander zu und beginnen zu tanzen. Als ich aufwache, spüre ich noch die körperliche Nähe und bin glücklich.
Rosi nimmt mich im Auto mit zum Theodor-Heuss-Platz. Zahnarzttermin. Anschließend fahre ich mit der U-Bahn nach Mitte. Gucke bei „Rundholz" vorbei, kaufe mir ein schönes Hemd, mache im Café am Hackeschen Markt Rast und gehe dann ins Kino Central, um den Film „Stein der Geduld" zu sehen. Ich bin die einzige Zuschauerin und zunehmend beim Sehen dessen, was auf der Leinwand geschieht, schmerzlich zusammengezogen. Afghanistan. Alle ungeheuerlichen Probleme sind präsent. Der Film ist von Atiq Rahimi gedreht, einem Afghanen, der in Paris lebt. Die Frauenrolle wird von der iranischen Schauspielerin Golshiffeh Farahani gespielt. Im Film liegt ihr Mann wegen einer Hirnverletzung mit offenen Augen im Koma. Im Hintergrund Geräusche des Krieges. Während sie den Bewusstlosen pflegt, spricht sie zu ihm, gesteht ihm ihre Frustrationen, erzählt von erlittenem Leid, aber auch von ihren geheimen Wünschen und Bedürfnissen. Nie

hätte sie es gewagt, so mit ihm zu sprechen, wenn er bei Bewusstsein wäre. Ihre beiden kleinen Töchter sind bei einer Tante untergebracht, die ohne Mann versucht, ein selbstbestimmtes Leben zu führen und vermutlich ihr Geld durch sexuelle Dienstleistungen verdient.

Als ein Offizier die junge Frau in ihrer Wohnung bedroht, belügt sie ihn. Um sexueller Gewalt zu entgehen, gibt sie an, Prostituierte zu sein. Sie weiß, dass er als gläubiger Moslem sich mit einem Beischlaf beschmutzen würde. Ein junger Soldat, der ihn begleitet – er stottert und wird von seinem Vorgesetzten misshandelt –, kehrt Tage später zurück, um mit ihr gegen Bezahlung Sex zu haben. Die junge Frau, anfangs entsetzt und abwehrend, übernimmt schließlich die Führung und beginnt, diesen schüchternen Mann in die körperliche Liebe einzuweisen, so wie sie geliebt werden möchte. Alles geschieht ganz behutsam und zärtlich. Irgendwann, als die Frau ihrem komatösen Mann weitere ungeheure Dinge offenbart, wird dieser wach und versucht, sie zu erwürgen. Es entbrennt ein Kampf, den sie gewinnt und der klarmacht, dass sie sich ihre Befreiung nicht mehr nehmen lassen wird.

Was mögen die Frauen in unserem NAZO-Projekt in Kabul alles an demütigenden Erfahrungen erlebt haben und erleben? Immerhin erlaubt ihnen jetzt die Ausbildungen und Projektarbeit, selbständig Geld zu verdienen und damit ihr Ansehen in der Familie enorm zu steigern. Außerdem dürfen sie das Haus verlassen, um in Gemeinschaft mit anderen Frauen zu lernen. Inzwischen gibt es nicht nur Ausbildungsgänge für Schneiderinnen, sondern auch für professionelle Lederarbeiten, Schmuckdesign und landwirtschaftliche Projekte. Wir Frauen hier hoffen, dass wir eines Tages nach Kabul fliegen können, mit Elke Jonigkeit, der Gründerin des NAZO-Projektes, und Nurullah Ebrahimi, dem einzigen Mann, der die Arbeit unterstützt und als Dolmetscher hilft.

Samstag, 26.10.
In der Komischen Oper „Der Sommernachtstraum" von Benjamin Britten. Sehr schöne Inszenierung. Die Musik ist für mich neu.

Sonntag, 27.10.
Ende der Sommerzeit, dabei ist es noch über 20 Grad warm. Um 11 Uhr fahre ich mit Rosi in die Philharmonie. Dort wird der verstorbene Claudio Abbado geehrt. Uta Sax, die eigentlich teilnehmen wollte, ist verhindert und hat mir ihre Karten gegeben. Zwischen einzelnen Philharmonikern, dem Journalisten Wolfgang Schneider und einer Musikjournalistin findet ein Gespräch statt über ihre Erinnerungen an die Zusammenarbeit mit diesem Dirigenten. Zwischendurch gibt es kammermusikalische Einlagen mit dem Varian Fry Quartett. Schubert, Brahms, Mahler.

Auf dem Rückweg holen wir Julius von einer Übernachtung bei seinem Freund Jan ab. Am Nachmittag versucht Rosi, mir bei meinem neuen Elephant-Abrechnungsprogramm zu helfen, aber auch bei ihr funktioniert etwas nicht. Herr Köhler muss helfen.

Mittwoch, 30.10.
Auf der Fahrt zum Kieser Training erzählt mir der iranische Taxifahrer, dass gestern 23 junge Leute im Iran ermordet wurden. Gehängt! Von einem der Männer ist ihm bekannt, dass er nur ein Buch bei sich trug. Sein Vater, ein Buchhändler, hatte den Sohn beauftragt, ein Manuskript in einen anderen Ort zu bringen, wo der Druck kostengünstiger ist. Wegen dieses Buches wurde der Sohn umgebracht und es hieß, er habe eine Waffe bei sich getragen. Der Fahrer erzählt davon, dass der Machtkampf zwischen dem neuen Präsidenten und den alten Cliquen voll im Gang ist. Der Iran hat 72 Millionen Einwohner. Nur vier Millionen haben diese Clique gewählt. Von den Morden habe ich weder im Radio gehört noch in der Tagespresse gelesen. Nach solchen niederschmetternden Informationen bin ich doch unsicher, ob die Iran-Reise richtig ist.

In der Nacht zwei Träume mit Fridu. An den ersten erinnere ich mich nur diffus an ein Gefühl von Eifersucht. Im zweiten Traum ziehen wir von einer Wohnung in eine andere. Die Sachen sind gepackt. Umzugshilfen schleppen Kisten und Möbel. Ich suche noch Bücher zusammen, die unter einem kleinen Tisch mit Glasplatte liegen. Mir ist es sehr schwer ums Herz. Zum ersten Mal werden mir die Schönheit der Räume und der endgültige Abschied richtig bewusst. Fridu ist in Eile und läuft vor. Er entdeckt in einem Antiquitätengeschäft noch Dinge, die ihn interessieren. Ich sehe durch das Schaufenster sein Entzücken über etwas, was er in der Hand hält und betrachtet. Es macht mich traurig. Ich halte mich an einem Zaun fest, während er an mir vorbeiläuft, und ich beginne zu weinen.

Donnerstag, 31.10.

Sehe im Thalia Kino in Potsdam den Film „Meine keine Familie". Ein 32-jähriger junger Mann hat mit Dokumentarmaterial einen Film über seine Kindheit in der Kommune des Aktionskünstlers Otto Mühl gedreht. Es ist schockierend und entsetzlich, diesem Geschehen von Machtmissbrauch, Sadismus und Faschismus zuzusehen. Der Regisseur befragt drei Männer, die seine potentiellen Väter sein können, die Mutter ist immer dabei. Sie wirkt auch heute als Person hilflos, unkonturiert, hat angeblich nichts mitbekommen. Nicht gewusst, was da passiert. Lässt ihren 4-jährigen Sohn allein in der Obhut einer Kommune, während sie in der Schweiz Geld verdient.

Mühl führt die Kinder vor, quält sie mit Anforderungen, sich künstlerisch in Bewegung auszudrücken. Die Erwachsenen sitzen bei all diesen Gemeinheiten im Kreis und himmeln ihren Guru an. Dieser schmierige, größenwahnsinnige Typ wurde irgendwann wegen sexueller Vergehen angeklagt. Der junge Mann trifft Menschen, die zur gleichen Zeit mit ihm dort Kinder waren. Es ist leidvoll, was die beiden Männer und die Frau erzählen.

Mir sind die eigenen positiven, aber auch schwierigen Gruppenerfahrungen noch sehr präsent. Es gab Begegnungen mit der Friedrich Liebling Gruppe auf Kongressen in Zürich, dann die Großgruppe von Josef Rattner in Berlin, in der Wilfried und ich lange Jahre sehr viel lernten und mitgearbeitet haben und schließlich rausgeworfen wurden, weil wir den zunehmend autoritären Führungsstil kritisierten. Als bereits selbst praktizierende Therapeutin erlebte ich in einem Praktikum Walter Lechler mit seinem ganzheitlichen Konzept in der Behandlung diverser Suchterkrankungen in der Klinik Bad Herrenalb. Alle diese zunächst viel versprechenden Versuche gegen dogmatische, traditionelle Formen von Therapie und des Zusammenlebens, sind nach meinen Erfahrungen letztlich gescheitert. Die Tatsache, dass auch Wilfried in Gruppen mitunter Macht ausgeübt und missbraucht hat, führte in unserer Beziehung nicht selten zu massiven Konflikten, in denen ich nicht bereit war, aus Liebe seinen Führungsanspruch unhinterfragt zu lassen. Das Problem des autoritären Charakters zählt weiterhin zu den ungelösten, trotz aller scheinbarer Libertinage und dem weit verbreiteten Motto „anything goes".

Die Studien von Erich Fromm zu diesem Thema sind immer noch aktuell. Die Furcht vor der Freiheit, die Menschen wünschen lässt, jemand möge die Führung für sie übernehmen, für sie wissen, was richtig und was falsch ist, so dass sie die Verantwortung für ihr Leben glauben abgeben zu können, taucht immer wieder auf. Auch wenn das Problem des Gehorsams heute nicht so offen zutage liegt wie während der Nazizeit, ist es immer noch virulent. Selbst in der eigenen therapeutischen Arbeit besteht diese Gefahr der Anpassung aus Gehorsam immer. Es obliegt meiner Verantwortung, Menschen so zu ermutigen und zu stärken, dass sie fähig werden, sich selbst zu gehorchen und den vielen Gesichtern manipulativer Entfremdung Widerstand leisten können.

Freitag, 1.11.
Mittags mit Jörg Krzonkalla verabredet. Er ist von Solomon Islands zurück. Wir gehen zum Inder im Wasgensteig essen. Während ich mein Lieblingsgericht, Blumenkohl und Kartoffeln, genieße, schildert Jörg die jüngsten Erlebnisse. Sein meist braungebranntes und jungenhaftes Aussehen hat plötzlich andere, leidvolle, erwachsene Spuren bekommen. Eine Liebe voller Selbstaufgabe und Selbstausbeutung ist gescheitert. Die junge Frau, fast noch ein Mädchen, die erst so entflammt war, liebt ihn ganz offensichtlich nicht. Jörg hat erst spät begriffen, wie tief die dortige Kultur mit anderen Werten verbunden ist als unsere.

In seiner Wahrnehmung hat er nicht nur die Liebe seines Lebens aufgeben müssen, sondern auch einen paradiesischen Ort. Mit Noel, dem einzigen anderen Weißen, hatte er auf einer Insel eine Firma für Bootsreparaturen, war selbst über Monate auf einem Schiff gewesen, nachdem er hier alles verkauft und aufgegeben hatte. Nun ist es für ihn ungeheuer schwer, Ideen für ein ganz anderes, neues Leben zu entwickeln, zumal er sich immer noch sehnt und sehr leidet. Bei dieser Art von Tod ist das Trostspenden nicht einfach. Nach mehreren Stunden intensiven Gesprächs laufen wir langsam zurück. Nicht weit entfernt, im Friedhof am Wasgensteig, liegt Fridu begraben.

Samstag, 2.11.
Ich bin um 15 Uhr mit Bettina Bartz verabredet. Bettina ist Dramaturgin, wir kennen uns seit 2001, als ich in Hamburg bei den Proben zur Oper „Lulu", in der Inszenierung von Peter Konwitschny, dabei sein durfte und von da an viele Opern in ihrer Entstehung mitverfolgte.

Da abends in der Akademie der Künste am Hanseatenweg „Ein Abend für Walter Jens" stattfindet, scheint es mir sinnvoll, sich dort in der Nähe zu treffen. Aber das Café Buchwald in der Bartningallee ist total voll, und das Schiffsrestaurant am anderen Ende der Brücke hat leider geschlossen. Wir entscheiden uns dafür, mit der S-Bahn von Bellevue zur Friedrichstraße zu fahren und gehen Richtung Berliner Ensemble. Dort kehren wir im Restaurant „Brecht" ein. Bettina arbeitet gerade in Graz mit Konwitschny, hat zudem einen Lehrauftrag in Leipzig und unterstützt bei all dem noch die Arbeit des Theaters „Ramba Zamba".

Die größte Neuigkeit ist allerdings privater Natur, die Partnerin ihres Sohnes Benny ist schwanger und wird in Kürze entbinden. Nike, die Tochter, macht bald das Abitur und will Biologie studieren. Bettina führt ein Leben, das sich nicht wirklich gut für Partnerschaften eignet, weil die künstlerische Arbeit immer im Mittelpunkt stehen muss. Männer können mit solchen Bedingungen offenbar weniger gut umgehen als Frauen. Sie lebt daher meist alleine und spürt dennoch den Wunsch, mehr Leben teilen zu können. Die Gespräche mit Bettina sind immer sehr interessant und gehaltvoll. Das Essen ist ebenfalls gut. Ich wähle ein Fischgericht, Bettina ein besonderes Backhendl. Den Nachtisch, ein Gedicht aus Schokolade, Sahne, Himbeeren, Baisers und Eis, teilen wir uns. Zum Schluss erzählt sie mir von der Oper „Die Jüdin", von der ich noch nie gehört habe. Eine ungeheure Geschichte. Vielleicht machen Konwitschny und sie die Oper in Antwerpen.

Beim Abschied nehmen wir uns wieder einmal vor, uns öfter zu sehen. Kurz vor Sechs fahre ich zwei Stationen mit der S-Bahn zurück. Die Akademie ist schon drangvoll mit Menschen, die sich freudig begrüßen und um Karten, Kaffee und Essen anstehen. Roswitha und Eberhard haben mir einen Platz freigehalten und eine Brezel besorgt, die ich nicht mehr schaffe. Nina, Peter und Barb kommen später dazu.

Auf dem Podium ist in der Mitte eine Leinwand aufgespannt, mit einem Bild von Walter Jens. Er schaut einen mit verschränkten Armen aus seinem klugen, schmalen Gesicht mit der hohen Stirn direkt an, lächelt in seiner umwerfend spitzbübischen Art. Daneben steht ein Satz von ihm: „Ich lerne dazu: unermüdlich und mit Vergnügen." Rechts stehen Tische und drei Stühle, links eine ähnliche Zweieranordnung. Cornelia Froboess und Dieter Mann nehmen Platz und lesen auszugsweise aus Texten von Jens. Auf der Leinwand erscheinen unterschiedliche Fotos: Demonstrationen, er im Gespräch mit Grass, Hans Mayer, von Weizsäcker. Filmausschnitte zeigen ihn in der Akademie bei der Treppenrede, bei einer Sitzung, nachdem die Akademien West und Ost vereinigt wurden, bei einem heftigen Protest, als es um die Stasiüberprüfung aller Mitglieder gehen soll. Jens laut protestierend: „Soll ich etwa Josef Tal in Israel sagen, dass er, der von Nazis vertrieben wurde, jetzt von den Deutschen überprüft wird? Nein. Nein. Und nochmals Nein."

Dieter Mann und Cornelia Froboess lesen großartig. Der Text „Lysistrata" wird von ihr in einer Weise gelesen, dass ich das Spiel vor Augen habe. Ihre Stimme ist stark und kraftvoll gestaltend.

Der Abend ist ein Versuch, Jens in seinen vielen Daseins-Facetten präsent sein zu lassen: der Altphilologe, Historiker, Kritiker, Schriftsteller, der streitbare Demokrat und Pazifist und der große Rhetoriker. Zuletzt war er Präsident der gemeinsamen Akademie. Klaus Staeck, Ingo Schulze, Schorlemmer und noch andere lassen ihn sehr lebendig werden. In der ersten Reihe sitzen seine Frau Inge Jens und die Söhne.

Der Abend dauert zwei Stunden. Hinter mir sitzt Frau Lakomy, die ich an Utas Geburtstagsfeier kennengelernt habe. Sie trägt ein Kostüm in Pinktönen und sieht toll darin aus. Wir sprechen kurz miteinander. Sie versucht, nach dem Tod ihres Partners tapfer weiterzuleben. Fürchtet die schwarzen Löcher.

Obwohl ich Walter Jens öfter live erlebte, muss ich zu meiner Schande gestehen, dass ich bisher noch nichts von ihm gelesen habe. Das ist zu ändern. Zufrieden mit Neumanns nach Hause. Beginne mit der Lektüre von „Letzte Einkehr. Tagebücher 2001-2009" von Imre Kertész. Es offenbart sich ein Schatz.

In der Nacht ein Traum: Eine große Seereise steht bevor. Ich soll üben, in einem Bottich ins Wasser gelassen zu werden. Finde das ein bisschen riskant, wenn ich mir die Höhe des Schiffes vorstelle. Es soll auf dem Atlantik passieren. Szenenwechsel. Bin in einer fremden Wohnung. Im Wintergarten sitzt Fridu mit fünf Menschen, die mir alle fremd sind. Ich höre, dass sie ein Arbeitsprojekt besprechen. Es versetzt mir einen Stich, dass Wilfried nicht mit mir darüber gesprochen hat. Als die anderen weg sind, frage ich ihn, aber er antwortet mir nicht, und ich spüre großen Schmerz und Trauer. Eifersucht? Warum spricht er nicht mit mir? Wache gedämpfter Stimmung auf. Mein Gott! Nach 13 Jahren.

Sonntag, 3.11.
Wahl wegen der Wende in der Energiepolitik. Gehe mittags hin. Hätte es fast vergessen, obwohl es dick in meinem Kalender steht. Danach mache ich einen Gang um den Schlachtensee. Es regnet. Ich sehe Fridu immer noch laufen, mit leichten, eleganten Schritten. Früher brauchte ich 50 Minuten. Heute eine Stunde und zwanzig Minuten. Aber das macht nichts, Hauptsache ich kann wieder laufen. Es ist jedes Mal mit einem tiefen Glücksgefühl verbunden.

Am Abend mit Roswitha ins Bali. Wir wollen „Tanja – Live in Movement" sehen. Ein Dokumentarfilm von Sophie Hyde und Bryan Mason, der von Dirk Szuszies und Karin Kaper, beide selbst Dokumentarfilmer, mit einleitenden Worten wärmstens empfohlen wird. Nachts träume ich, dass Fridu vor dem Haus meiner Lieblingstante steht. Ich sehe ihn durch eine Glastüre hindurch. Seine Silhouette. Einen Moment spüre ich ein Zögern, ihm aufzumachen und bekomme im Traum einen gewaltigen Schreck. Mit dem wache ich auf. Wieso wollte ich ihn nicht gleich hereinlassen?

Donnerstag, 7.11.
Nach den Stunden am Vormittag packe ich ein paar Sachen zusammen, um ins Rheinland zu fahren. Maria W. bleibt bis 17 Uhr im Haus, um sauber zu machen. Ich bitte sie noch, die Fenster oben offen zu lassen, damit ich frische Luft im Schlafzimmer habe, wenn ich zurückkomme. Dann verabschieden wir uns bis nächste Woche.

Am Hauptbahnhof herrscht das übliche Menschengewimmel. Mein Zug hat zunächst fünf, dann 20 Minuten Verspätung. Alle paar Minuten wird um unser Verständnis gebeten, ohne darüber zu informieren, warum die Verspätung stattfindet. Als ich eine uniformierte Person erwische und frage, heißt es, im Ostbahnhof hat man wieder Kabel angeschmurgelt. Als der Zug endlich eintrifft, entsteht ein elendes Gedränge.

In Duisburg steige ich nach Krefeld um, nehme dort ein Taxi nach Kempen und fahre durch stockfinsteres Land. Aber ich weiß, dass rechts und links neben den Straßen Felder und Weideflächen liegen, weil es die vertraute, flache rheinische Landschaft meiner Kindheit ist, die tagsüber normalerweise weite Blicke ermöglicht.

Um 22 Uhr bin ich endlich im Hotel „Papillon". Man gibt mir zwei Räume. Das Schlafzimmer liegt oben. Ich stelle meine Sachen ab und mache noch eine Runde bei strömendem Regen. Keine Menschenseele unterwegs. Die Burg ist beleuchtet. Wann war ich zuletzt hier? 1998, als meine Mutter beerdigt wurde? Die Thomas Buchhandlung und einige andere Geschäfte existieren noch. Ich gehe am Kino vorbei. Dort steht eine Gruppe junger Leute herum. Die Kempener Lichtspiele haben also ebenfalls überlebt, was ich irgendwie beruhigend finde. Der Film „Fack ju Göhte" steht auch hier auf dem Programm.

Im Bett lese ich noch ein bisschen in der Biografie von Richard Burton. Es stört mich, dass ich wegen des Regens das schräge Fenster nicht weit öffnen kann. Schlafe trotzdem ziemlich gut.

Beim Frühstück sind nur Geschäftsleute aus Holland, Indien, Afrika und Amerika anwesend. Ich nehme mir ein Taxi, um nach Tönisvorst zu Margret Laakmann zu fahren. Sie war meine Lehrerin in der Grundschulzeit, inzwischen sind wir befreundet. Die Freude, sich zu sehen, ist groß, und obwohl wir regelmäßig miteinander telefonieren gibt es viel zu erzählen.

Mittags fährt Margret mich nach St. Hubert zum Grab meiner Eltern. Mit ihren 81 Jahren ist sie immer noch eine rasante Fahrerin, aber ich merke zunehmend, dass ihr Gedächtnis nachlässt, was mich ziemlich besorgt. An diesem Friedhof haben wir lange gewohnt und obwohl ich genau weiß, wo das Elterngrab liegt, finde ich es auch nach längerem Suchen nicht. Ein Friedhofsgärtner zeigt mir schließlich die Stelle, an der zwei Koniferen so groß geworden sind, dass sie den wunderschönen Grabstein mit Bergkristall verdecken. Ich gehe gleich zur Friedhofsgärtnerei, um das zu klären. Der Stein muss immer frei bleiben, daher können nur Bodendecker gepflanzt werden. Alles hier ist so eng und klein wie früher. Was für ein Glück, dass ich in Berlin lebe. Das Auge findet nichts wirklich Schönes. Furchtbar.

Margret fährt mich zurück nach Kempen. Die Landstraße zwischen den beiden Orten, die mir als Kind so unendlich lang erschien, ist in drei Minuten geschafft. Unter den vielen Bildern, die ich von Sarah Haffner habe, befindet sich eine baumbestandene Straße, die mich immer an diese Landstraße erinnert. Das Bild hängt bei mir in der Küche und erfreut mich auch nach vielen Jahren immer noch aufs Neue.

Am Abend treffen wir uns wieder, um gemeinsam mit Irmgard Klewitz zu Abend zu essen. Irmgard habe ich zuletzt vor fast 50 Jahren gesehen. In der Kindheit wohnten wir nebeneinander. Sie war, wie ich auch, in der Jugendarbeit engagiert. Wir besuchten zusammen in Ronchamp die Kirche von Le Corbusier. Ihre Stimme ist immer noch so glockenhell wie damals. In ihrem älter gewordenen Gesicht erkenne ich das junge Mädchen von damals. Sie hat ein hübsches Restaurant ausgewählt, das mir vorkommt wie der „Kiepenkerl" in Münster. Wir bekommen ausgezeichnetes Essen, Fisch mit Senfkruste für mich und für die beiden ein fruchtiges Curry Gericht.

Aus Irmgards Schilderungen wird deutlich, dass ihr Leben nicht einfach verlaufen ist. Nach Stunden, die wir mühelos füllen, verabschieden wir uns. Ich habe ihr einige meiner Bücher mitgebracht, aber bis auf „Schattenjagd" hat sie bereits alle gelesen. Am nächsten Mittag fahre ich mit dem Bus nach Krefeld und steige in den Zug nach Köln.

Samstag, 9.11.

In Lohmar Durbusch findet bei Elke Jonigkeit-Kaminski die NAZO-Jahresvollversammlung statt. Elke holt mich an der Regionalbahn ab. Sie hat für mich eine leckere Pilzsuppe gekocht.

Um 15 Uhr sind die anderen Mitglieder da. Nachdem wir uns ein bisschen ausgetauscht haben, beginnen wir mit der Tagesordnung. Das von Elke ins Leben gerufene NAZO-Projekt existiert jetzt bereits zehn Jahre. Inzwischen haben wir 500 Frauen in Kabul und umliegenden Orten zu unterschiedlichen Ausbildungen verholfen, die ihnen einen enormen Zuwachs an Selbstbewusstsein und vor allem finanzieller Eigenständigkeit verschafft haben. Mit einer Schneiderinnenausbildung fing es an, inzwischen gibt es Schmuckdesignerinnen, Frauen, die Lederdesign lernen, und neuerdings ist Viehwirtschaft dazugekommen. Insgesamt existieren nun fünf Ausbildungsstätten. Elke unterbreitet uns die Idee, dass wir für die Frauen ein Auto kaufen und sie fahren lernen sollen. Das wäre ein weiterer, revolutionärer Schritt, der natürlich nur zu verwirklichen ist, wenn ein Mann als Schutz und Autoexperte mitfahren würde.

Von all diesen Projekten profitieren auch die Kinder und die Familien. Es gibt Kurse für Alphabetisierung, medizinische und juristische Beratung. Es ist ein absolutes Novum, dass fremde Männer mit Frauen kooperieren. Zuerst müssen immer die Stammesältesten informiert und um ihre Zustimmung gebeten werden. Erst wenn diese akzeptieren, können Anliegen umgesetzt werden.

Elke hat eine Broschüre erstellt mit vielen wichtigen Informationen zur politischen und sozialen Situation in Afghanistan. Ich schreibe das Protokoll. Aufgaben werden verteilt, Elke muss unbedingt entlastet werden. Es hängt viel zuviel Arbeit und Verantwortung an ihr. Am Abend, nachdem die anderen abgereist sind, fahre ich mit Elke in ein Thailändisches Restaurant. Bei einem guten Essen reden wir lange über unsere jeweilige Lebenssituation und tauschen private Neuigkeiten aus. Ein Sohn von ihr lebt in Berlin. Später lese ich weiter in den Tagebuchaufzeichnungen von Burton. Sie sind teilweise unendlich banal, dann aber wieder äußerst informativ und besonders für Filmfreaks wie mich äußerst spannend.

Am anderen Morgen fährt Elke mich wieder zur Bahn. In Köln habe ich etwas Aufenthalt, um mir das Fenster von Gerhard Richter im Dom anzusehen. Es regnet weiter in Strömen. Im Dom findet gerade eine Messe statt, und zwei Zerberusse hindern Touristen streng an einer Besichtigung.

Um die Zeit zu überbrücken, suche ich mir ein Café und lese dort Zeitung. Im vollen Zug nach Berlin versuche ich, ein bisschen zu dösen, was mir nicht besonders gut gelingt. Um 16.30 bin ich endlich zu Hause in Schlachtensee. Als ich die Treppe hochgehe, wundere ich mich, dass im Kaminzimmer alle Schranktüren aufstehen. Einen Moment denke ich, dass vielleicht ein Wasserrohrbruch war. Oben ist das Schlafzimmerfenster geschlossen und der Vorhang zugezogen, obwohl sie sonst weit geöffnet bleiben. Auch hier sind die Türen der Schränke geöffnet. Seltsam. Noch immer komme ich nicht auf den Gedanken, dass jemand eingebrochen sein könnte.

Schließlich rufe ich Rosi und Thomas an und frage, ob irgendetwas Auffälliges war. Sie verneinen und erkundigen sich, warum ich frage. Nachdem ich von der Terrassentüre aus eine breite Schmutzspur entdecke, die mitten im Raum endet, bitte ich Rosi und Thomas zu kommen. Die Türe zur Terrasse ist zwar zugezogen, aber der zu verschließende Riegel ist unten. Ob Maria beim Saubermachen vergessen hat, die Türe zuzumachen? Thomas meint: „Das ist ganz klar ein Einbruch. Du musst die Kripo anrufen." Es ist nichts zerstört und offenbar auch nichts weg, wie ich bei der ersten Überprüfung feststelle. Was für ein seltsamer Einbruch. Nach einer Stunde kommt ein sehr netter Kriminalhauptkommissar, der erst einmal die Architektur des Hauses bewundert und dann meint: „Ich bin hier schon 22 Jahre im Einsatz und noch nie in diesem Haus gewesen. Das ist ein gutes Zeichen." Er findet schließlich heraus, dass der Einbrecher durch ein Fenster gekommen sein muss. Das Metall wurde aufgehebelt. Von innen sind keine Spuren zu sehen. Wahrscheinlich brauche ich ein neues Fenster. Er macht mir klar, dass die Einbrecher Geld und Gold suchen. Beides gab es nicht. Mein Schmuck besteht aus Filzarbeiten und bunten Steinen. Alles ist da, nichts zerstört, beschmutzt oder herausgerissen.

Was mag das für ein Mensch gewesen sein? Eigentlich würde ich die Person kennenlernen wollen. Mich wundert enorm, dass jemand sich die Mühe macht, irgendwo einzubrechen, nichts Lohnendes findet, nicht total frustriert und sauer ist und aus Wut darüber etwas zerstört. Offenbar würde mir das so gehen.

Blöde, dass ich jetzt mit der Versicherung verhandeln muss. Bin ich überhaupt gegen Diebstahl versichert? Keine Ahnung. Nachdem der Polizist nebst seiner Mitarbeiterin, die für die Abnahme von Fingerabdrücken zuständig ist, gegangen ist, rufe ich erst einmal sämtliche Freunde an, um diese Neuigkeit mitzuteilen. Der Einbruch bleibt rätselhaft. Ich habe gar nicht Zeit, mich lange damit zu beschäftigen, weil am nächsten Tag gleich früh die Arbeit weitergeht.

Mittwoch, 13.11.
Drei Tage nach dem Einbruch träume ich in der Nacht: In unserer Wohnung ist eingebrochen worden. Fridu ist nicht da. Er ist auf Männerreise. Die Wohnung ist riesig, eine Mischung zwischen unseren Wohnungen in der Königin-Elisabeth-Straße und der Reichsstraße am Theodor-Heuss-Platz. Ich laufe laut rufend herum und finde schließlich den Täter, der gleich flüchtet. Es scheint ein gestörter

Mensch zu sein. Beim Überprüfen des Schadens sehe ich nicht, dass etwas fehlt. Auf dem Rückweg von der Haustüre in die Wohnung höre ich plötzlich Schreibmaschinengeklapper. Fridu ist zurück und sitzt an seinem Schreibtisch. Er trägt den blauen Bademantel und schreibt im Licht einer grünen englischen Lampe. Auf mich wirkt er müde und angeschlagen. Ich umarme und küsse ihn, frage: „Wollen wir nicht etwas Schönes machen?" Er hat auch Lust und steht auf. Es klingelt plötzlich an der Haustüre. Als ich hingehe und öffne, steht ein ehemaliger Klient, den ich sehr mochte, lächelnd vor mir und sagt: „Ich muss dich leider erschießen." Erst da sehe ich, dass er in jeder Hand eine Pistole trägt. Wilfried kommt hinzu und stellt sich hinter den Mann. Da gehe ich auf den Mann zu, umarme ihn, entwende dabei eine Pistole und werfe sie Fridu zu. Plötzlich küsse ich den Mann, der immer noch eine Pistole trägt, sehr zärtlich und Fridu schaut empört zu. Er nimmt ihm die andere Waffe aus der Hand. Werde sehr irritiert wach.

Donnerstag, 14.11.
Am Abend Intervisionsgruppe in der Praxis von Roswitha und Julia. Nachdem wir in Roswithas Bibliothek gut zu Abend gegessen haben, besprechen wir Fragen aus der Arbeit. Julia, die mittlere Tochter von Roswitha und Eberhard, ist seit fünf Jahren unsere Kollegin, sie erzählt engagiert von einem schwierigen Behandlungsfall. Wir tauschen uns in unseren Einschätzungen aus und bestätigen sie in ihrer Vorgehensweise. Es gibt auch bürokratische Fragen zu besprechen, z.B. wann wir die neue Zertifizierung beantragen müssen. Gegen 22 Uhr fahren wir nach Hause. Eberhard reist am Sonntag nach Weilheim zu Sebastian, um dessen Frau Karen zu unterstützen. Sie bekommt bald das vierte Kind, gleichzeitig ziehen sie noch einmal um. Inzwischen haben Neumanns elf Enkelkinder. Ich kenne keine Großeltern, die ihre Aufgabe so großzügig und liebevoll wahrnehmen wie sie.

Freitag, 15.11.
In der Nacht ein sexueller Traum: Fridu steht dicht hinter mir und umarmt mich so fest, dass ich seine Erregung spüre. Ich drehe mich zu

ihm um, ziehe ihn küssend auf den großen Sessel, knöpfe seine Hose auf und setzte mich auf ihn. Bei meinen Bewegungen stöhnte er. Mir machte es große Freude, seine Erregung zu spüren, bleibe aber selbst seltsam unbeteiligt und komme auch bedauerlicher Weise nicht zum Höhepunkt. Wirklich schade.

Am Spätnachmittag, nachdem allerlei Hausarbeiten erledigt sind, fahre ich an den Savignyplatz, um in der Bleibtreustraße bei Oska nach einem Mantel zu schauen, den ich auf der Iran-Reise im nächsten Jahr tragen kann. Der Mantel sollte dünn, lang und dunkel sein. Die Reise beschäftigt mich schon jetzt sehr. Ich lese viel und versuche ein paar Redwendungen in Farsi zu lernen. Haletun tschetore – Wie geht es Ihnen? Ma chubam – Es geht mir gut. Den Mantel finde ich nicht. Am nächsten Tag kommt ein Anruf aus dem Geschäft, die beiden Frauen haben, nachdem ich weg war, im Keller noch einen gefunden, der meinen Vorstellungen entspricht. Ich solle einfach noch einmal vorbeikommen. Ich bin mir sehr bewusst, dass ich diese Reise nicht machen könnte, wenn Fridu noch leben würde. Natürlich könnte er mir nichts verbieten, aber seine Furcht vor dem Unbekannten würde es mir schwer machen, trotzdem zu fahren.

Samstag, 16.11.
Treffen mit der Dogwalkerin Petra K. und der kleinen Emma Hündin im „Ferrara". Emma ist viel selbstbewusster und kontaktfreudiger als noch vor einem Jahr. Vor allem aber geht es Petra gut, und sie hat interessante berufliche Pläne. Was sie mir über ihre Arbeit erzählt, finde ich sehr spannend, weil offenbar in diesem Beruf nicht die Hunde das Problem sind, sondern die Menschen und ihr Umgang mit den Tieren. Sie spiegeln das Verhalten ihrer Herrchen und Frauchen. Und obwohl ich Hunde mag, möchte ich keinen eigenen haben. Ich will niemanden erziehen müssen. Ferdi Kater ist ein ideales Mitglied der Hausgemeinschaft. Er ist stets ein Vorbild an Selbstbestimmung und Selbstfürsorge, macht nur was er will und schenkt auch die Gunst der Kuschelerlaubnis nur dann, wenn er selbst dazu Lust hat.

Sonntag, 17.11.
Die Mutter von Rosi, Maria Fritz, feiert ihren Geburtstag in Berlin. Die Kinder haben ihr zum Nachmittagskaffee einen Lichtertisch gestaltet mit so vielen Kerzen wie Lebensjahren. Es gibt wunderbaren selbstgebackenen Kuchen, und wir sitzen schön zusammen. Später wird in den Radio-Nachrichten der Tod von Doris Lessing mitgeteilt.

Am Vormittag habe ich Maria V. getroffen. Vor mehr als 50 Jahren waren wir gemeinsam in Kempen in der Haushaltungsschule. Meine Mutter hegte den frommen Wunsch, ich würde dort etwas Nützliches für den Haushalt lernen. Dabei erinnere ich mich vor allem an Topflappenschlachten und daran, wie meine verbrannten Kekse von den anderen solidarisch aufgefuttert wurden und so einfach verschwanden.

Wie unbekümmert kindlich wir waren. Maria lebt nun schon ewig in St. Gallen, aber da ihr Mann für ein Jahr Fellow am Wissenschaftskolleg ist, können wir uns nach langen Jahren wieder einmal treffen. Es ist spannend zu hören, was sie alles gemacht und erlebt hat. Sie war Leiterin von Kinderheimen und von Sozialbehörden, hat eine eigene Tochter und ein Kind in Pflege genommen und ist jetzt aktiver Teil einer riesigen Familie.

Abends freue ich mich jetzt oft darauf, in den Tagebüchern von Richard Burton weiter zu lesen. Der Anfang ließ nicht vermuten, dass die Lektüre so gehaltvoll sein würde. Ich bin von seiner gigantischen, besessenen Lesegier beeindruckt und verstehe diesen unstillbaren Hunger sehr gut, weil ich mich auch an ihm erfreue. Immer wieder einmal denke ich, dass das Leben schon alleine deshalb lohnt, weil es so viele lesenswerte Bücher gibt. Diese unendliche Vielfalt der Sprachen, der Themen, der Welten, der Blicke auf das Leben, der Charaktere. Immer wieder neue faszinierende Reisen im Kopf. Burton schreibt einerseits ziemlich locker über sämtliche Dinge des Alltags, die Bedingungen von Dreharbeiten, über Kollegen und andererseits über die Ambivalenz gegenüber dem Schauspielerdasein. Drückt seine häufige Unlust zu Drehs sehr drastisch aus und beschreibt die teilweise aberwitzigen Bedingungen, unter denen Filme gedreht werden.

All das hindert ihn aber nicht daran, sich über Erfolg, auch finanziellen, zu freuen. Immer wieder drückt er mit starken Worten seine tiefe Liebe zu der Taylor aus, die er dennoch, vor allem wenn er getrunken hat, völlig idiotisch attackiert. Er notiert detailliert ihre Krankheiten, verbunden mit seiner tiefen Angst, sie zu verlieren. Dabei ist er unfähig, mit ihren Schwächen umzugehen. Er schildert freimütig den enormen Alkoholkonsum, die gemeinsamen Exzesse, dann die Bemühungen von beiden, in Form zu bleiben. Erzählt von der Beziehung zu den verschiedenen Kindern, die Sorge um sie und die Freude an ihnen, gleichzeitig auch das baldige Genervtsein, wenn sie länger zu Besuch sind. Er äußert sich immer wieder verwundert über den Ruhm, den sie beide ernten, und über die ständige sensationelle Aufmerksamkeit. Dabei hat er eine Vorliebe für das Alleinsein, um in Ruhe lesen zu können und in kurzer Zeit ganze Bibliotheken zu verschlingen. Er liest vor allem Bücher, die Wissen vermitteln, mitunter auch Krimis. Sein Interesse an Romanen entwickelt er nach eigenen Aussagen erst so um 1971. Ich bekomme große Lust, noch einmal ihre Filme anzuschauen, z.B. „Wer hat Angst vor Virginia Woolf?". Bedauerlich, wenn das Buch zu Ende geht. Die Lektüre ist wunderbar anregend, witzig und auch in all der Boshaftigkeit unterhaltsam.

Mittwoch, 20.11.
Dieter Hildebrandt ist tot! Wie gerne hat Fridu den „Scheibenwischer" gesehen. Einmal waren wir abends im Hotel Seehof am Lietzenseepark essen und trafen auf Hildebrandt, der ebenfalls sein Nachtessen dort einnahm. Wir waren beide zu schüchtern, um ihn anzusprechen, wollten ihn in seiner wohlverdienten Ruhe nicht stören. Wer weiß, vielleicht hätte er sich gefreut.

Donnerstag, 21.11.
Gegen Mittag gehe ich ins Literaturhaus in der Fasanenstraße, um die Ausstellung über Warlam Schalamow zu sehen. Vor einigen Jahren habe ich seine „Erzählungen aus Kolyma" gelesen. Der 1907 Geborene ist Überlebender und Zeuge der Lager, in denen Zwangsarbeiter

gehalten wurden, um im Nordosten Sibiriens, einem Gebiet, das den Namen des Flusses Kolyma trug, einen gigantischen Industriekomplex zu errichten. Schalamow bezeugt schreibend diese systematische Ausbeutung in einer Landschaft der Kälte und Sümpfe. Erzählt von der Willkür und den grausamen Strafen, die Millionen das Leben kosteten. Schalamow gehört zu Autoren wie Primo Levi, Jorge Semprun und Imre Kertész, denen wir Dokumente des Horrors, aber auch des Überlebenswillens verdanken, der moralischen Siege und rettender Zufälle. Lange war sein Werk bei uns unbekannt. 1982 starb er.

Freitag, 22.11.
Heute hat mein Patenkind Katharina Geburtstag. Gemeinsam mit ihrer Zwillingsschwester Maria wird sie vier Jahre alt. Ich hoffe, dass mein Päckchen rechtzeitig bei den Eltern Karen und Sebastian angekommen ist, und bedaure es, dass sie so weit weg wohnen. Wir können uns nur selten sehen. Aber ab und zu bekomme ich Bilder und höre die helle Kinderstimme am Telefon.

Am Abend gehe ich ins Maxim Gorki Theater, um das Stück „Verrücktes Blut" von Nurkan Erpulat und Jens Hillje zu sehen. Ich habe schon so viel darüber gehört, dass ich es nun endlich einmal selbst sehen möchte. Erzählt wird von einer Schulklasse, in der eine Lehrerin mit einer nicht zu bändigende Klasse von Jugendlichen aus Migrantenfamilien konfrontiert ist. Die Jungen und Mädchen beschimpfen sich wechselseitig und werten sich auf drastische Weise ab. Als einem Jugendlichen eine Pistole aus der Tasche fällt, greift die verzweifelte Lehrerin zur Waffe und zwingt die Klasse mit vorgehaltener Pistole, Schillers „Räuber" einzustudieren. Allmählich lernen sie tatsächlich, Rollen zu übernehmen und Texte zu sprechen, die plötzlich sehr heutig klingen und gar nicht weit weg von den Erfahrungen der jungen Leute sind. Das Gorki Theater ist ein Ort voll vibrierender Lebendigkeit und Aktualität. Viele der jungen Schauspieler haben einen Migrationshintergrund. Sie sind hier aufgewachsen und wollen ihre Themen jetzt auf die Bühne bringen. Die Intendantin Shermin Langhoff macht wirklich Theater mit Nährwert.

Samstag. 23.11.
Rosis Vater, Jakob Fritz, feiert seinen Geburtstag bei uns in Berlin. Als Dankeschön für die kompetenten unermüdlichen Hilfen in und um das Haus bekommt er von mir einen schönen warmen, zweifarbigen Schal aus Wolle geschenkt. Thomas bindet ihn ihm so um, dass es wirklich cool aussieht. Julius, sein Enkel, schaut aufmerksam zu und erinnert mich an seinen baldigen Geburtstag. Er möchte auch so einen Schal haben.

Am Abend haben mich Uta Sax und Jürgen Thormann zur Premiere von „Der ideale Mann" von Oscar Wilde im Renaissance-Theater eingeladen. Jürgen spielt in diesem Stück wieder einmal mit. Mein kratziger Hals und ein Gefühl, angeschlagen zu sein, signalisieren mir, dass ich besser zu Hause bleibe und früh ins Bett gehe.

Sonntag, 24.11.
In der Nacht träume ich von der Begegnung mit einem unbekannten Mann. Seine Ausstrahlung ist angenehm. Wir beginnen miteinander zu reden und plötzlich, mitten im Gespräch, umarmen wir uns. Es fühlt sich fremd an. Trotzdem wird keine Abwehr in mir ausgelöst. Schließlich kommt es zu einem Kuss, den ich sehr bewusst erlebe und genieße. Sein Mund ist schön geformt und das Gesicht intelligent. Im Traum überlege ich, dass jetzt die Situation eingetreten ist, die ich nicht für möglich gehalten habe, nämlich dass ein Mann noch einmal so faszinierend und erotisch anziehend auf mich wirkt, dass ich mir Hingabe vorstellen kann. Einen Moment lang denke ich an mein Alter. Mit einem Gefühl von heiterer Leichtigkeit werde ich wach. Vielleicht wäre ich jetzt tatsächlich noch einmal für eine neue Liebe bereit? Wer weiß?

Vormittags bei ungemütlichem Wetter zum Kieser Training. Anschließend esse ich beim Inder in der Nähe vom Schloßpark Theater. Hier, um die Ecke, in der Frohnhofer Straße hat Wilfried seine Kindheit und Jugend verbracht. Alles ist voller Erinnerung. Nach dem Essen sehe ich mir den Film „Orchester im Exil" an. Er dokumentiert die Gründung des israelischen philharmonischen Orchesters durch

Bronislaw Huberman, einem Geigenvirtuosen. Ich sitze wie immer ganz hinten im Adria Kino. Kurz vor Filmbeginn sehe ich Roswitha hereinkommen. Sie ist auch per Rad hier. Wir staunen beide über diesen Menschen. Phantastisch, was ein Einzelner bewirken kann, wenn er alle Kraft mobilisiert. Huberman rettet zahlreiche Musiker vor der Mord-Maschinerie der Nazis und mit ihnen ganze Familien.

Nachdem wir nach der Filmvorführung noch einen Kaffee getrunken haben, fahren wir mit dem Rad von Steglitz zurück nach Zehlendorf, ruhen uns in der Camphausenstraße aus, um abends im Bali-Kino den Film „Stein der Geduld" zu sehen. Für mich ist es das zweite Mal. Beim ersten Mal war ich die einzige Zuschauerin in einem winzigen Kino am Hackeschen Markt. Dieses Mal ist tatsächlich eine kleine Schar von Zuschauern da. Unter ihnen jetzt auch Männer. Für die mag der Film in anderer Weise als für weibliche Zuschauerinnen sehr schwere Kost sein. Roswitha findet den Film auch sehr beeindruckend.

Zu Hause stelle ich ein bisschen irritiert fest, dass ich an dem Wochenende drei Mal im Kino war, wobei die geplanten Besuche in Ausstellungen auf der Strecke geblieben sind. Die innere Leerstelle ist nicht zu füllen, egal wie viel Anregung ich mir von außen hole.

Das Tagesspiegel-Interview vom Sonntag lässt Connie Palmen zum Thema Trauer sagen: „Man kann sehr glücklich sein auch wenn man trauert. Schmerz ist kein Hindernis für Glück." Palmen verlor gleich zwei große Lieben, über den Tod von Ischa Meijer schrieb sie damals das Buch „I.M.", das mir Anette, eine Kollegin, schenkte. Nach dem Tod ihres zweiten Mannes Hans von Mierlo entstand das Buch „Logbuch eines unbarmherzigen Jahres". Beide Bücher habe ich in dem Gefühl gelesen, dass Menschen mit diesen Erfahrungen in einer Geheimsprache verstehen, was eigentlich nicht zu erzählen ist. Als sie davon spricht, dass sie die riesigen Pullover ihres Mannes trug, kommen mir die Tränen.

Montag, 25.11.

Nach der Arbeit fahre ich abends mit dem Taxi ins Literaturhaus. Roswitha kommt aus ihrer Praxis. Wir wollen ein Referat hören über das

Thema „Dissoziationen im Werk von Siri Hustvedt". Obwohl es spannend ist, kann ich irgendwann nicht mehr ruhig sitzen. Nach einem vollen Arbeitstag sind solche Unternehmungen immer riskant, weil die Müdigkeit die Konzentration beeinträchtigt. Immerhin nehme ich zwei Buchtipps mit. Erst vor kurzem las ich „Das Winterjournal" von ihrem Mann Paul Auster und war davon sehr angetan.

Freitag, 29.11.

In der Buchhandlung „Blankenburg" ein Paket Bücher abgeholt. Lektüre für die Weihnachtsferien und danach. Inzwischen wird der Stapel Bücher über den Iran immer höher. Ich lese kontinuierlich. Übe auch weiter Farsi, zumindest Worte der Begrüßung und höfliche Redewendungen möchte ich mir aneignen. Mir fällt auf, dass ich in den letzten Wochen weniger oft von Fridu träume. Liegt das am Schreiben? Wobei ich mich undeutlich an einen Traumfetzen aus den letzten Tagen erinnere, in dem Fridu irgendetwas machte, was mich störte, sogar verstörte. Ich habe es gleich wieder vergessen, weiß nur, es hing mit etwas Sexuellem zusammen.

Samstag, 30.11.

Aschgrauer Himmel. Nicht ein winziger Fleck Bläue. Nur Wolken, die, übereinander geschoben wie Schieferplatten, Schwere nach unten drücken. Novemberhimmel. Trotzdem raffe ich mich auf, um zum Training zu gehen. Ferdi Kater sitzt maunzend vor der Türe und versucht hereinzukommen. Versorge ihn erst mit Fressen und gehe dann los. Jetzt nieselt es sogar. Am Rathaus Steglitz herrscht Chaos. Busse, die normalerweise im Kreisel losfahren, sind alle auf die nähere Umgebung verteilt, weil im Kreisel Bauarbeiten stattfinden. Menschen laufend irritiert suchend durch die Gegend. Genervt nehme ich mir ein Taxi.

Nach dem Training fühle ich mich deutlich wohler und beschließe spontan, mit dem Bus M 48 zum Alexanderplatz zu fahren, um im Kino International die Karten für den 24.12. zu holen. Auf meiner längeren Fahrt durch die Stadt sehe ich auffallend viele Menschen, die zwischen ihren prallvoll gefüllten Plastiktüten mürrisch, frustriert und unfroh dreinschauen. Inmitten der bedrängenden Fülle von Warenangeboten erhascht mein suchender Blick heute kein einziges strahlendes oder fröhliches Gesicht. Selbst unter den jungen Leuten ist niemand mit einem federnden, zuversichtlichen Gang.

Am Alex steige ich in die U 5 Richtung Hönow, fahre bis zur Schillingstraße. Stelle dort fest, dass das Kino noch geschlossen ist. Zum Warten ist es zu kalt. Laufe deshalb die Karl-Marx-Allee hoch zum Strausberger Platz. Gehe dort hungrig in ein Restaurant, welches fast bis auf den letzten Platz besetzt ist mit Gänse und Wild essenden Gästen. Mein gebratener Lachs mit Spinat und Kartoffelbrei schmeckt scheußlich sauer. Normalerweise würde ich das Essen zurückgehen lassen. Zum Glück fragt mich die freundliche Bedienung beim Bezahlen nicht, wie es geschmeckt hat. Es bleibt mir unerklärlich, wie man mit solchen Zutaten ein Essen verderben kann. Heute ist wirklich der Wurm drin. Nachdem ich im Kino meine Karten abgeholt habe, fahre ich zurück zum Alex, steige dort in die S 7 Richtung Wannsee und bin froh, als ich in Nikolassee gleich in die S 1 nach Schlachtensee steigen kann. Für heute reicht es mir. Ich werde am späteren Nachmittag nicht noch einmal losgehen, sondern zu Hause einen Musikabend machen.

Sonntag, 1.12.
Morgens wache ich aus einem Traum auf. Erinnere mich, dass ich für Fridu und mich eine größere Reise gebucht habe und dafür einen Rucksack und je ein Paar Stiefel aus hellem weichen Leder kaufe, die zwar ungewöhnlich schön sind, aber von der Farbe her eher nicht zu unseren Sachen passen. Vorsichtshalber will ich sie Fridu zeigen und ihn fragen, ob ihm sein Paar gefällt. Er ist gerade mitten in einem Gewühle von Leuten und intensiv im Gespräch. Ich mag ihn nicht stören und warte einfach. Als er mich sieht, ruft er mir über die Köpfe der Menge zu, dass er gleich kommen wird. Immer wieder kommt etwas dazwischen, so dass ich weiter wartend dastehe. Inzwischen sogar auf einer Erhöhung, von der aus ich nach unten in einen Garten

schauen kann. Dabei sehe ich, wie Fridu in einem Geschäft verschwindet. Jetzt reicht es mir und ich wende mich zu Gehen. In dem Moment kommt er winkend und mit wehendem Mantel angerannt, ruft, dass ich auf ihn warten soll. In mir ist eine große Freude und ich finde ihn unglaublich schön und elegant in seinen Bewegungen. Als ich wach werde, denke ich sofort an die zukünftige Iran-Reise. Mir fällt erst jetzt auf, dass er im Traum den Mantel trug, den ich gerade für diese Reise gekauft habe.

Dabei kommt mir eine Erinnerung: Eine Situation auf dem Bahnhof Zoologischer Garten zu der Zeit, als Fridu seine komplizierte Affäre mit U. hatte, von der ich nichts wusste, wohl aber spürte, dass irgendetwas nicht stimmte. Ich wollte ins Rheinland fahren, um das Grab meiner Eltern zu besuchen und eine Lehrerin von früher wiederzusehen. Zum damaligen Zeitpunkt bewohnten wir gemeinsam zwei Wohnungen, eine in der Reichsstraße am Theodor-Heuss-Platz und das Haus am Schlachtensee, in dem ich immer noch wohne. Als ich mich von ihm am Telefon verabschiedete, weil er bereits im Haus und ich noch in der Reichsstraße war, fühlte ich große Trauer. Am nächsten Morgen saß ich in eisiger Kälte auf einer Bank oben an den Geleisen. Wenige Minuten bevor der Zug eintraf, kam plötzlich Fridu mit wehenden Haaren angerannt: „Ich lasse dich nicht alleine fahren." Erinnere noch genau, wie sich in die Freude über seine Anwesenheit eine tiefe Irritation mischte und ich mich fragte, was eigentlich los ist. Dunkel ist mir im Gedächtnis, dass wir in Krefeld in einem großen Hotel in der Nähe des Zoos gewohnt haben und meine Freude sich in Grenzen hielt. Es kamen nicht wie sonst Fröhlichkeit und Nähe auf.

Inzwischen weiß ich natürlich, dass er wahrscheinlich von Schuldgefühlen geplagt war und Mitleid mit mir hatte, die von all dem nichts wusste, nur intuitiv spürte, dass etwas Trennendes da war, etwas nicht stimmte. Die Erinnerung an all das macht mich so traurig, dass ich zu weinen beginne. Bevor ich von den alten Bildern völlig gefangengenommen werde, beschließe ich, mich rasch fertigzumachen und endlich in die Ausstellung der Berlinischen Galerie zu gehen.

Im Caféhaus am Schlachtensee nehme ich noch einen Cappuccino und ein Hörnchen, fahre dann mit der S 7 zur Friedrichstraße und laufe von dort zur Berlinischen Galerie in die Alte Jakobstraße. Der Weg dauert ca. 30 Minuten und es macht Spaß, die relativ leere Friedrichstraße entlangzulaufen. Noch sind nicht so viele Touristen unterwegs. Das Wetter ist grau und diesig, aber trocken. Kurz vor dem Jüdischen Museum sammeln sich zunehmend Menschen. Ich biege links ab und bin pünktlich um 11 Uhr dort. Viele Besucher sind bereits in der Eingangshalle. Die Ausstellung „Wien Berlin. Kunst zweier Metropolen" ist ein Magnet. Da ich zum Freundeskreis der Galerie gehöre, brauche ich keinen Eintritt zu bezahlen, zeige meine Mitgliedskarte vor und kann gleich durchgehen.

Die erste Halle ist von Franz Ackermann gestaltet. Sein Raumkonzept nennt er „Hügel und Zweifel". Die gesamte Eingangshalle, über 40 Meter lang und zehn Meter hoch, ist von ihm als rauschendes Farbfest gestaltet. Langsam bewege ich mich durch die anderen Räume. Es gibt Entdeckungen unter den Bildern von Koloman Moser, Berglandschaften, einen Jüngling und ein Frauenkopf im Profil. Um die Ecke hängt ein Bild der Malerin Broncia Koller-Pinell. Es ist ihre Mutter, die sehr präsent und würdevoll in einem Sessel sitzt. Als ich die Biografie über Lou Andreas Salomé schrieb, begegnete mir die Malerin als Schwester des Geliebten von Lou. Freue mich sehr, hier ein Bild von ihr zu sehen.

Diese Ausstellung hält wirklich Entdeckungen bereit. Allein die Kriegsbilder, Zeichnungen von Otto Dix, lohnen den Besuch. Natürlich trifft man auf Werke von Gustav Klimt, Egon Schiele, aber auch vieler mir noch unbekannter Künstler.

Bevor ich die Heimfahrt antrete, esse ich im Café noch eine Kartoffelsuppe. Absolut zufrieden, innen und außen gesättigt, laufe ich zur Friedrichstraße zurück. Fühle mich mit der Stadt wieder ausgesöhnt.

Dienstag/Mittwoch, 3. und 4.12.
Nach der Arbeit lese ich an zwei Abenden und in den Nächten das Buch „Das Verschwinden des Philip S." von Ulrike Edschmid. Die Lektüre wühlt mich total auf. Ich schlafe schlecht, liege wach und

erinnere mich an die Zeit in den Siebzigern, in der ich als junge Sozialarbeiterin des Bezirksamtes Tiergarten der Kommune 1 Besuche abstatten musste. Denke an die zahlreichen Demonstrationen gegen den Vietnamkrieg. Fridu, damals Professor für Mathematik und Wirtschaftswissenschaften, war an der Uni in linken Gruppen aktiv, die sich mit politischer Ökonomie befassten, Marx studierten und die Kinderladenbewegung unterstützten. Er kannte einzelne RAF-Mitglieder aus Begegnungen im Republikanischen Club, darunter auch Ulrike Meinhof. Auch wenn mir manche Anliegen der RAF einleuchteten, stießen mich ihre menschenverachtende Sprache und die Gewaltbereitschaft ab. Gleichzeitig war ich von ihrer Radikalität fasziniert, dieser unbedingten Hingabe an eine Sache. Das gefiel mir und kam eigenen Wünschen nahe.

Damals war ich mit meinem Psychologiestudium beschäftigt und konzentriert auf die psychologische Ausbildung bei J. Rattner. Auch dort wurden heiße politische Diskussionen geführt, aber es gab klare Grenzen in der Sympathie mit den RAF-Leuten. Denn nie erschien der bewaffnete Kampf nach Art der Guerilla in unserer Gesellschaft ein adäquates Mittel, eine reale Option für gesellschaftliche Veränderung, von deren Notwendigkeit auch wir zutiefst überzeugt waren. Die gesellschaftlichen autoritären Strukturen, die Machtverhältnisse und die traditionellen Geschlechterbeziehungen bedurften dringend der Veränderungen, aber nicht ohne uns selbst in den Prozess einzubeziehen. Es war eine Zeit, in der alles offen schien, alles möglich war, in der ein Gefühl von Freiheit dominierte und die Freude darüber. Was ist davon umgesetzt worden? Was geblieben?

Donnerstag, 5.12.
Nelson Mandela ist in der Nacht gestorben. Ich bin traurig, obwohl ich ihm die wohlverdiente Ruhe von Herzen gönne. Mir scheint, dass mit ihm ein kostbares, unersetzbares Gewicht aus der Welt gefallen ist. Ein Gewicht, das mit dafür sorgte, dass etwas im Lot blieb. Trotz allem! Wie lange ist es her, dass ich seine Biografie las?

Es gibt eine Sturmwarnung. Man soll unbedingt im Haus bleiben.

Ich bin froh, dass es im Garten keine Bäume mehr gibt, die einsturzgefährdet sind. Die riesigen Kiefern sind gefällt, der Bambuswald wird jetzt jeden Sturm überleben.

Freitag, 6.12.

Bei einem Blick aus dem Fenster traue ich meinen Augen nicht. Es schneit in dicken dichten Flocken. Eine beachtliche Schneedecke hüllt bereits alles sanft in Weiß. Auf dem Weg zur S-Bahn mache ich erst einmal bei mir um die Ecke in einem Café Halt, um Cappuccino zu trinken, mich aufzuwärmen und die Tageszeitung zu lesen. Anschließend hole ich in Zehlendorf pinkfarbene Wolle, die mir für ein Häkeltuch noch fehlt, und fahre von dort mit dem M 48 Richtung Alexanderplatz.

Am Rathaus Steglitz ist Fahrerwechsel. Der neue Fahrer weiß, dass ich am Potsdamer Platz in den 200er Bus wechseln kann, um Unter den Linden bis zur Staatsoper zu fahren. Gleich gegenüber ist das Deutsche Historische Museum. Dort findet heute im Lichthof die Zeughausmesse statt, bei der Künstler aus den unterschiedlichsten Bereichen ihre Werke präsentieren und auch verkaufen. Aus München sind die „Filz und Perlen"-Frauen auch wieder mit neuem Filzschmuck da, denen ich phantasievolle Kettenkreationen verdanke. Eine andere Künstlerin, Helena Barcikowski, ist mit edlen, wunderschönen Dessous Taschen vertreten. Eine charmante, witzige Hutmacherin kenne ich auch schon vom letzten Jahr. Es gibt wahnsinnig edlen und teuren Schmuck, aber auch bezahlbare ungewöhnliche Stricksachen und Filzkreationen von einer Modistin aus Wien, die zum ersten Mal dabei ist.

Nachdem ich lange herumspaziert bin, mich satt gesehen und an verschiedenen Ständen geplaudert habe, gehe ich ins Museumscafé und esse zu Mittag leckere Grünkernbratlinge. Anschließend steige ich in den 100er Bus zum Zoologischen Garten. Im Delphi Kino schaue ich mir um 15.30 Uhr den Film der Coen Brüder „Inside Llewyn Dewis" an. Das Wetter im Film ist ähnlich wie gerade bei uns. Die Geschichte: Ein depressiver, erfolgloser Folksänger tappt von einem

Desaster ins andere. Der Schauspieler ist wunderbar. Sein Gesichtsausdruck bleibt im ganzen Film dunkel und fassungslos. An etlichen Stellen muss ich laut lachen, so absurd ist das, was auf der Leinwand geschieht. Eine rote Katze spielt auch eine wesentliche Rolle. Als der Sänger notgedrungen seine Sängerkarriere aufgeben und wieder auf einem Schiff anheuern will, geht auch das schief. In den Schlussszenen ahnt man, dass Bob Dylan gerade in dem Club des gescheiterten Sängers aufkreuzt und mit seiner unverwechselbaren, kratzig knödeligen Stimme einen neuen Sound auf die Bühne bringt: „The Times they are Changing".

Ganz beschwingt fahre ich um 19.30 zurück nach Hause. Auf dem AB ist der Anruf eines Klienten, der gerade in einer völlig desolaten Beziehung lebt. Er hat bereits einige Male angerufen. Ich rufe zurück und versuche, ihn etwas zu beruhigen.

Abends beginne ich von Patrick Roth „Die amerikanische Fahrt. Stories eines Filmbesessenen" zu lesen. Freue mich schon auf die Lektüre. Kenne vom Autor bereits zwei Bücher, die mich beeindruckt haben. Im ersten ist von einer Autofahrt durch L.A. die Rede, während der Fahrer eine Geschichte von Johann Peter Hebel hört, um das Eigene im Fremden zu finden. Den Gedanken hatte ich mir gemerkt. Ein Gedanke, der auch Wilfried sehr gefallen hätte, war er doch an seinem letzten Lebenstag mit der Frage nach dem Eigenen beschäftigt.

Ein perfekter Tag geht zu Ende.

Samstag, 7.12.

In der Nacht träume ich, dass Fridu und ich ins Kino gehen. Es ist das frühere Astor Kino, und es wird ein Film mit Jack Lemmon und Walter Matthau gezeigt. Fridu bummelt hinter mir her. Drinnen halte ich einen Platz für ihn frei, aber er kommt nicht. Es stellt sich heraus, dass der Platz nicht gut gewählt ist, und ich suche fieberhaft nach einem anderen, besseren Platz mit besserer Sicht auf die Leinwand. Jemand will sich auf Fridus Platz setzen, weil der immer noch nicht kommt, stattdessen zeitlupenhaft auf dem Gang herumspaziert. Allmählich werde ich sauer und rufe laut: „Nun komm' doch endlich."

Mit diesem Satz werde ich wach. „Komm doch endlich wieder" – wie schön wäre das.

Am Vormittag zum Kieser Training, anschließend Bügeln und andere Hausarbeiten, später Lesen, Post sichten und erledigen, telefonieren, Mails checken. Die wunderbaren Errungenschaften der Technik verursachen deutlich mehr Arbeit. Immer öfter packt mich eine wilde Wut darüber, dass die Organisation von Leben zunehmend mehr Zeit beansprucht als das Leben selbst. Noch habe ich keine wirkliche Lösung für das Problem gefunden, aber ich versuche, auf der Hut und wachsam zu sein.

Sonntag, 8.12.

In der Nacht träume ich, dass Peter Schaul Fridu und mich durch eine traumhaft schöne Landschaft fährt. Wir sind in einem offenen Geländewagen. Plötzlich biegt Peter ab und braust mitten in ein Feld hinein. Rechts und links wogt sattes grünes, schilfähnliches Gras in Meterhöhe. Es ist berauschend schön, als ob wir durch Wasserfluten fahren und kein Ende abzusehen ist. Aber ich denke, dass wir vielleicht bald zu Fuß weiterlaufen müssen.

Szenenwechsel: Fridu und ich sind intensiv mit etwas beschäftigt, bis mir klar wird, dass heute seine Tochter K. heiratet. Wir sind viel zu spät dran, dabei müssen wir uns noch irgendetwas Passendes anziehen. Sie wird sehr böse mit uns sein, wenn wir nicht pünktlich sind. Wie kann uns nur so eine Unachtsamkeit passieren? Mit diesem Gedanken und dem Bedauern darüber, dass die Fahrt durch das weite Grün zu Ende ist, werde ich wach.

Ferdi Kater war die Nacht draußen und stürmt, als er mich in der Küche hantieren sieht, herein. Offenbar hat er wilden Hunger und frisst drei Schälchen hintereinander. Nachdem er sich ausgiebig geputzt hat, klettert er auf meinen Schoß, um zu schlafen. Ich lege das Häkelzeug weg und streichele ihn in den Schlaf. Gerührt fühle ich, wie seine Pfoten zucken und der samtige Körper vibriert. Als er tief schläft, trage ich ihn auf den anderen Sessel, hole die Zeitung und fege nach der Lektüre den langen Gartenweg und den Hof.

Mein Nachbar zur rechten Seite, Herr Lehning, hat mir eine Broschüre mit Tipps gegen Einbrecher hingelegt. Es hat fast den ganzen Tag genieselt, aber ich laufe am Nachmittag trotzdem eine Runde um den See. Roswitha ist heute nach Basdorf an die Ostsee gereist, um dort mit Frauen intensiv therapeutisch zu arbeiten. Ihr Arbeitsthema für die Zeit ist interessant: „Sehnsucht nach Gemeinschaft und nach Individualität".

Freitag. 13.12.

In den Nachrichten um 7 Uhr erfahre ich, dass das Nolde Museum im nächsten Jahr schließt. Ein herber Verlust. Gestern Abend, als ich bei Anne und Martin Häupl zum Essen eingeladen war, erzählten sie, dass unser kleiner Marktplatz verkauft und ebenfalls zugebaut werden soll. Ob den Marktleuten ihre Existenz ruiniert wird und den Anwohnern Lebensqualität verloren geht, interessiert offenbar niemanden. Wir sind empört und überlegen, was man tun kann. Vielleicht kann der jetzige Besitzer den Markt an jemanden verkaufen, der die alte Struktur erhalten wird. Aber es scheint nur noch um Geld zu gehen. Als ich später das Gartentor aufschließe, treffe ich auf dem Weg Rosi. Sie erzählt beunruhigt, dass es der Mutter von Thomas sehr schlecht geht und sie vielleicht am Herzen operiert werden muss.

Samstag, 14.12.

Heute Abend gehe ich in das Deutsche Theater, um von David Grossmann „Aus der Zeit fallen" zu sehen. Ein Stück über Trauer, über den Verlust seines Sohnes, der kurz vor Beendigung des zweiten Libanonkrieges fiel. Habe ein bisschen Furcht vor der Konfrontation mit dieser Trauer. Dieser nicht endenden Trauer um den verstorbenen Sohn.

Die Bühne ein schwarzer Raum. In der Dunkelheit gehen viele Menschen auf Sand umher und entzünden Lichter, die an Schnüren hochgezogen werden, so dass in der Finsternis viele kleine Flämmchen flackern. Das Licht bleibt spärlich.

Es ist kein üblicher Theaterabend, sondern ein Text, der in einer Art Collage szenisch das Thema Tod, Verlust und Schmerz umkreist. Und tatsächlich zieht ein Mann auf knirschendem Sand seine Kreise. Er will nach „dort" gehen, dahin wo sein toter Sohn jetzt ist. Seine Frau hat vergebens versucht, ihn zurückzuhalten, weil es diesen Ort „dort", an dem die Lebenden die Toten treffen können, nicht gibt. Nach und nach gesellen sich andere Frauen und Männer zu ihm. Alle haben eine Verlustgeschichte zu beklagen und sind in ihrer Trauer und dem Schmerz wie in einem schwarzen Gefängnis eingeschlossen. Es ist nicht leicht, das über mehr als drei Stunden auszuhalten. Manche gehen in der Pause. Ich bleibe. Bin spät zu Hause. In der Nacht sehe ich im Traum Fridus großes schwarzes Sakko an der Garderobe hängen. Ich nehme es vom Bügel und umarme es innig mit den Worten „für immer und immer". Erst da sehe ich, dass Wilfried lachend neben mir steht und meint: „Was denn für immer und immer?"

Sonntag, 15.12.
Ein kurzer Anruf von Max H, dass seine Partnerin Lara S., mit der ich eine Weile Gespräche geführt habe, ins Krankenhaus muss, weil ihr das Baby angeblich die Leber abdrückt. Bisher ist die Schwangerschaft ganz wunderbar und im wahrsten Sinne des Wortes glückvoll verlaufen. Nun bin ich ein bisschen besorgt.

Ich sehe noch Lara sechs Monate zuvor vor mir stehen, mit einem verschmitzten Lächeln in ihrem schönen, klaren Gesicht: „Tja, große Neuigkeit, ich bin schwanger. Erst haben Max und ich gedacht, wir sind doch selber noch halbe Kinder. Aber nun ist klar, wir wollen das Kind, Arbeitstitel ist Bruno." Bei allen, die dieses besondere künstlerische Menschenpaar kennen, war die Freude riesig. Ein Funken Unruhe dockt unmerklich in mir an.

Am Nachmittag bin ich bei den Nachbarn Lilo und Winfried Winkelmann. Eine immer wieder verschobene Kaffee-Einladung wird heute stattfinden. Sie sind erstaunliche Netzknüpfer, die auch von mehrmaligen Absagen nicht abgeschreckt werden, immer wieder neue freundliche Einladungen zu Lesekreisen, Ausstellungen und Musikabenden auszusprechen. Nach einem schönen Nachmittag gehe ich angeregt die paar Schritte zu mir nach Hause.

Montag, 16.12.

Das Jahr, das mich zunehmend wieder nah ins Leben getragen hat, in dem ich in manchen Situationen wie vor Fridus Tod tiefe Freude empfinden konnte, geht nicht gut zu Ende!!! Ich bin wie betäubt. Die Mutter von Max hat angerufen und mir mitgeteilt, dass bei der Entbindung etwas Schreckliches passiert ist. Mit Hilfe von Tabletten wurde die Geburt eingeleitet. Nach stundenlangen Wehen kam es dennoch zum Geburtsstillstand. Das Kind steckte auf unerklärliche Weise fest. Es konnte nicht kommen. Auch als ein Kaiserschnitt gemacht wurde, war es nicht einfach herauszuheben. Für Sekunden bekam Bruno keinen Sauerstoff, dabei wurde er in seinem schweren Schock schlaff. Erst da war es möglich, ihn herauszuziehen. Die versuchte Intubation scheiterte, weil sie falsch gelegt wurde. Da keine hinreichende Versorgung möglich war, wurde er gleich in ein anderes Krankenhaus transportiert. Nun liegt er dort auf der Intensivstation. Die Eltern sind bei ihm. Nach und nach wird deutlich, dass er erhebliche Hirnschädigungen erlitten haben muss. Der Schock, das Entsetzen und die Trauer sind maßlos.

Lara und Max haben im Laufe der Schwangerschaft eine so innig zärtliche Beziehung zu dem Kleinen entwickelt, bei ihren Vorbereitungen auf Elternschaft alles so gut gemacht und geradezu vor Glück geleuchtet, dass mein Hirn sich weigert, die Schreckensbotschaft zu realisieren und auf einen Irrtum hofft und gleichzeitig auf ein Wunder. Es heißt, dass sie niemanden sehen und sprechen wollen. Sie sind wahrscheinlich in ihrem Schmerz eingeschlossen. Regelmäßig erfahre ich über die Mutter von Max und inzwischen auch durch Laras Mutter von den weiteren Entwicklungen.

Nach einem MRT steht fest, Bruno hat einen Schlaganfall erlitten und kann infolge des schweren Sauerstoffmangels nicht selbstständig atmen und schlucken. Die brutale Wahrheit ist, dass er nicht lebensfähig ist. Ich fühle so tiefe Ohnmacht und Hilflosigkeit, wie ich sie seit Fridus Tod nicht mehr erlebt habe. Wenn ich an die entsetzlichen Schmerzen von Lara und Max denke, schreie ich innerlich und mir tut auch alles weh.

Donnerstag, 19.12.

Es gibt nicht wirklich Hoffnung. Dabei habe ich ein Foto von dem Kleinen geschickt bekommen, auf dem er trotz der Schläuche so süß aussieht, als ob fast alles in bester Ordnung wäre. Der winzige Körper liegt nackt auf einer weißen Unterlage. Im linken Nasenloch ein grüner dünner Schlauch. Links im Bild ist neben vielem Schlauchgewirre die Hand von Max zu sehen, die ganz sanft die Stirn seines Sohnes berührt. Mit Fingern der rechten Hand fühlt er den Herzschlag. Die Augen von Bruno sind geschlossen. Das schön geformte Mündchen ist leicht geöffnet.

Es kommen nach und nach weitere Fotos. Einmal liegt er mit Teddy und in einem kleinen Matrosenanzug da und scheint konzentriert zu träumen. Ein anderes zeigt ihn auf Laras Brust, die Hand mit den perfekt geformten schmalen, langen Fingern auf der Haut der Mutter, während ihr Blick versunken auf ihm ruht und eine Hand sein Köpfchen umfasst. Tage später kommt ein weiteres Foto. Die Köpfe von Vater und Sohn aneinandergeschmiegt. Das Köpfchen passt genau in die Beuge von Stirn und Nase des Vaters. Es sieht aus, als ob der kleine Mensch die Vaternase zärtlich küsst, während dieser die Liebkosung voll Liebe, aber auch mit Schmerz aufnimmt.

Ein Foto in den Tagen darauf zeigt, dass Carl Bruno Augen von intensivem strahlenden Blau hat. Angesichts der Tatsache, dass das Schicksal oder was auch immer mitunter wie ein Fallbeil zuschlägt, sind Fragen nach dem Warum sinnlos. Ich muss akzeptieren, dass ich gerade nichts tun kann, außer fast ständig an sie zu denken.

Am Abend bin ich in der Akademie der Künste. Hans Neuenfels und Elisabeth Trissenaar werden zu den Kleist-Filmen befragt. Zuvor wird der Film „Die Familie oder Schroffenstein" gezeigt. Es ist eine Orgie von Brutalität und Gewalttätigkeit, die im Grunde unerträglich ist. Am liebsten würde ich rausrennen. Aber die wunderbare Sprache von Kleist hält mich. Der Film wurde in der Natur gedreht, in Altaussee. Hans Neuenfels sagt: „Ich glaube, dass keiner in der klassischen deutschen Dichtung die Neurose und ihren Übergang zur Psychose, selbstverständliche Schlagworte unserer Jetztzeit, so visionär, so erbarmungslos ehrlich und so genau übersetzt hat wie Kleist."

Kleist, der Dichter, der selbst durch Teilnahme am Krieg traumatisiert war. Es ist fast nicht zu ertragen, bei den Szenen von Schlächtereien zuzuschauen. Eberhard geht schließlich, Roswitha und ich bleiben. Wir wollen nach der Vorführung das Gespräch zwischen Jens Bisky und Frieder Schlaich noch miterleben. Leider ist es bei weitem nicht so lebendig, wie wir es erhofft haben. Ziemlich mitgenommen fahren wir spät mit der S-Bahn vom Bahnhof Bellevue nach Hause.

Sobald es ruhig in mir wird, bin ich innerlich bei Lara, Max und dem kleinen Carl Bruno-Menschen.

Freitag, 20.12.

Am Abend treffe ich Nina und Peter Schaul im „A Mano" am Strausberger Platz. Als sie mich fröhlich begrüßen und fragen wie es mir geht, breche ich in heftiges Weinen aus. Die Anspannung wegen Lara, Max und dem Baby ist zu groß. Die Freunde, die selbst Kinder haben, hören mich in Ruhe an und verstehen die Katastrophe. Erst als ich alles, was ich weiß, erzählt habe, beruhige ich mich, und es wird doch noch ein schöner Abend.

Samstag, 21.12.

Winteranfang! Es ist viel zu mild. Ich laufe um den Schlachtensee, brauche länger als früher, aber es geht gut. Kormorane sitzen auf gefallenen Bäumen. Viele Menschen sind unterwegs, oft in Begleitung von Hunden. Am Nachmittag bekomme ich nebenan bei Rosi und Thomas noch einen Cappuccino, obwohl sie bereits alle in Aufbruchstimmung sind. Die Taschen und Koffer stehen fertig gepackt im Flur, um gleich mit Oma Ute, den Kindern Sophie und Julius zur Weihnachtsfeier ins Haus der Mutter zu fahren. Thomas Bruder Stefan wird mit seinen Kindern aus München kommen. Ab morgen bin ich für die Betreuung von zwei Katzentieren, Shazzy und Ferdi, zuständig.

Am Abend sehe ich im Capitol Kino den Film „Blau ist eine warme Farbe". Eine eigentlich schöne, intensive Darstellung weiblicher Liebe und Lust, allerdings von einem männlichen Regisseur gedreht. Ich kann nicht gleich benennen, warum eine Spur von Unbehagen zurückbleibt. Lese anschließend noch lange und schlafe erst spät ein.

Sonntag, 22.12.

Als ich nach dem Frühstück ins Nachbarhaus gehen will, um nach Shazzy zu sehen, finde ich den Schlüssel nicht. Ich gerate in Panik und stelle mir schon die verhungerte Katze vor. Nachdem ich alle Stellen abgesucht, die Küche um und um untersucht habe, rufe ich weinend Franks an. Rosi versucht sofort, mich zu beruhigen. Thomas überlegt, per Eilpost einen Schlüssel zu schicken. Ich möchte am liebsten den Schlüsseldienst benachrichtigen, wovon mir Rosi und Thomas abraten. Die Katze wird nicht an einem Tag verhungern. Während der Nottelefonate schläft Ferdi Kater ruhig auf dem Sofa. Vor Aufregung bekomme ich Herzschmerzen und beschließe, noch einmal um den Schlachtensee zu gehen. Während des Laufens zermartere ich mir das Hirn, wo der Schlüssel sein könnte. Bekomme noch eine Idee und gehe danach erst einmal im Café Schlacht etwas essen.

Die Weitersuche bleibt erfolglos. Der Schlüssel liegt auch nicht an dieser Stelle. Auf dem AB sind neue Anrufe. Thomas hat die Superidee, den Schlüssel einem Mann aus der Mitfahrzentrale mitzugeben, eingepackt als Geschenk. Ich krame noch einmal in der Schublade herum, in der er sonst immer liegt, und siehe da, er fällt mir aus einer Folie entgegen, in der eigentlich eine Brille für 3D-Filme drin ist. Kurz nach Acht klingelt der angekündigte junge Mann und überreicht mir ein Paket. Nun habe ich zwei Schlüssel. Die Freudenbotschaft geht gleich an Franks.

Der ausgeschlafene Ferdi folgt mir nach draußen. Im Nachbarhaus kommt mir Shazzy schon singend entgegen. Ich versorge sie mit frischem Futter, widme mich dem Katzenklo, lasse sie in der Küche ausgiebig trinken und spiele eine Runde mit ihr, bis sie zu schnurren beginnt und offensichtlich zufrieden ist. Als ich die Haustüre abschließe, höre ich in der Mülltonnenecke ein höllenmäßiges Spektakel. Es ist zu finster, um zu sehen, welche Tiere da gerade in

Kampfhandlungen verwickelt sind. Das tiefe, aggressive Knurren und andere Tierlaute sind fürchterlich. Es tönt so, dass da gerade etwas geschieht, was keiner überlebt. Ferdi, der wohl mit von der Partie ist, ignoriert meine Rufe. Irgendwann springt ein ziemlich großes Tier, wahrscheinlich der Fuchs, der hier dauernd herumstrolcht, über die Hecke zum Nachbarn. Danach ist Ruhe, und ich gehe ins Haus.

Montag, 23.12.

Beim Laufen um den Schlachtensee bin ich jedes Mal neu beglückt, dass das wieder möglich ist, und ich bin Lea tief dankbar für ihren konsequenten Hinweis: „Du brauchst jetzt ein neues Knie. Da hilft alles nichts mehr." Ohne sie und ihre professionelle Hilfe nach der OP würde ich weiter in einem ständigen Schmerzzustand mit äußerst eingeschränkter Bewegung sein. Viele Läufer und Spaziergänger sind unterwegs. Ab und zu taucht das Bild des joggenden Fridu vor mir auf. Die schlanken langen Beine. Sein eleganter Laufstil und ich daneben mit dem Rad.

An der Fischerhütte trinke ich draußen einen Cappuccino. Später telefoniere ich mit Laras Mutter. Es gibt keine guten Neuigkeiten. Sie versucht, tapfer zu sein und ist am Ende doch völlig aufgelöst.

Nachdem ich ein paar Stunden geschrieben habe, fahre ich am Nachmittag mit dem Rad zum Kieser Training. Dort ist es ruhiger als sonst an einem Werktag. Abends lese ich weiter in dem Buch „Das Haus an der Moschee" von Kader Abdolah. Diese iranische Familiensaga ermöglicht mir ein besseres Verständnis der kulturellen und gesellschaftlichen Entwicklung. Alles, was ich in Vorbereitung auf die Reise lese, stimuliert mein Interesse und steigert die Vorfreude enorm.,

Dienstag, 24.12.

Morgens, beim Gang zur Mülltonne, treffe ich Rosi. Wir halten einen kurzen Schwatz. Als sie fragt, warum ich so ernst bin, erzähle ich ihr, was Lara, Max und Carl Bruno zugestoßen ist. Rosi ist sehr bestürzt, weil sie meine Freude während der Schwangerschaft auch erlebt hat.

Es nieselt. Das Wetter ist viel zu warm. Während ich um den See laufe, fühle ich Erleichterung darüber, dass ich in keinen Weihnachtstrubel involviert bin. Versuche, Gedanken zu ordnen und die nächsten Tage anzuschauen. Um 17 Uhr mache ich mich auf den Weg ins Kino International. Ich möchte nur den ersten Film sehen und dann nach Hause gehen. Der Kinosaal ist fast voll. „Der Medicus" wird gezeigt. Eine Romanverfilmung. Es tut mir gut, für fast drei Stunden in eine völlig andere Welt einzutauchen. Der Film erzählt von den vielfältigen, vor allem religiösen Widerständen gegen den medizinischen Fortschritt und naturwissenschaftliche Erkenntnissen. Viele Szenen sind in Marokko gedreht worden. Ben Kingsley spielt den Hakim, wie immer mit unnachahmlicher Würde und Weisheit. Brutal sind die Szenen im Mittelalter. In der Stadt Isfahan sind sowohl Fortschritt und Gelehrte angesiedelt als auch das Mullah-System, dass sich gegen Juden, Christen und den Schah wendet. Körper durften damals nicht geöffnet werden. Das anatomische Bild vom Menschen beruhte auf Vermutungen und war falsch, wie der junge Held herausfindet.

Das traditionelle Büffet ist in diesem Jahr eine Katastrophe und miserabel organisiert. Während ich nach Hause fahre, bin ich in Gedanken immer wieder bei Lara und Max. Inzwischen habe ich auf dem AB von Lara ein hilfloses Gestammel hinterlassen. Sie sollen wissen, dass ich innerlich oft bei ihnen bin.

Die Betreuung der Katzen beansprucht mehr Zeit als ich dachte. Abends das Buch von Sibylle Lewitscharoff „Montgomery".

Mittwoch, 25.12.

Während ich mir in Ruhe die ganze Weihnachtspost ansehe, bin ich gerührt, wie viele Menschen mir Grüße und gute Wünsche geschickt haben. Gefühlsgeschenke. Obwohl es regnet, gehe ich wieder hinunter zum See und laufe die sechs Kilometer nun schon in kürzerer Zeit. Trotz der Anstrengung empfinde ich diesen Gang jedes Mal als ein Geschenk an mich selbst.

Zu Hause lese ich Mails und höre die Anrufe auf dem AB ab. Behruz hat aus Mali eine lange Mail geschickt. Bestürzt schildert er seine Eindrücke vom dortigen Elend und der unvorstellbaren Armut. Bisher ist sein ärztlicher Einsatz bei der Bundeswehr ohne Zwischenfälle verlaufen. Eine Nachricht auf dem AB ist von Max. Ich darf Lara, ihn und Carl Bruno im Virchow-Krankenhaus besuchen. Mitbringen darf ich nichts, obwohl ich von der Mutter weiß, dass sie etwas Gutes zum Essen brauchen könnten.

Um 16 Uhr bin ich vor dem riesigen Gebäudekomplex an der Amrumer Straße. Ich finde Lara und Max auf der Station in ihrem Zimmer. Wortlos umarmen wir uns erst einmal. Das Baby liegt friedlich in seinem Bettchen. Er kann den Schleim nicht abhusten. Ab und zu gibt es ein gurgelndes Geräusch. Sein Gesicht ist sehr süß. Er hat die schönen Lippen von Lara, die hohe Stirn und die Ohren von Max. Ich nehme ganz vorsichtig mit einem Finger die winzige, perfekt geformte Hand mit den langen Fingern. Stelle mir einen Moment lang vor, dass er später damit sicher ein Instrument gespielt hätte. Aber es wird dieses „später" wohl nicht geben. Bruno muss mit einer Sonde ernährt werden. Lara pumpt die Milch ab, und Max füllt sie in eine Spritze, die tröpfchenweise Milch in die Kanüle abgibt.

Wir gehen ohne den Kleinen, der ständig überwacht wird, in ein freundliches, helles Besuchszimmer. Die Beiden sind total erschöpft, dennoch unglaublich lieb miteinander. Lara erzählt sehr konzentriert, fast minutiös von dem Prozess, den sie erlebt haben. Bis zur Entbindung war alles in bester Ordnung. Dann benötigte sie kurz vor der Entbindung Tabletten wegen einer Störung der Leberfunktion. Wehen setzten ein, mehr Tabletten wurden gegeben Das Kind steckt im Geburtskanal fest. Kaiserschnitt, von unten wird gedrückt und von oben gezogen. Während dieser Gewaltaktion bekommt Carl Bruno irgendwann für Sekunden keinen Sauerstoff mehr, erschlafft und wird herausgezogen. Der Versuch, ihm sofort Sauerstoff zuzuführen, gelingt nicht auf Anhieb. Er muss gleich in ein anderes Krankenhaus verlegt werden.

Lara und Max folgen einen Tag später hierher, ins Virchow-Krankenhaus. Sie begreifen nicht, was passiert ist, hoffen erst noch, dass es vielleicht nur Teilausfälle sind, die das Gehirn geschädigt haben. Aber in den Tagen danach, durch ein MRT und weitere Untersuchungen auch des Rückenmarks, wird immer unerbittlicher klar, dass das Kind nicht alleine lebensfähig ist – und überhaupt ist die Frage, wie lange der kleine Mensch all die Strapazen durchstehen kann.

Wir reden und weinen. Max stellt eine Reihe von Fragen, die mich dazu bringen, etwas davon zu schildern, wie es unmittelbar nach Fridus plötzlichem Tod war. Seine Fragen – Was hilft denn? Wie geht es weiter? Kann es überhaupt weitergehen? – sind gar nicht allgemeingültig zu beantworten. Was als hilfreich empfunden wird, ist sicher sehr individuell. Mir haben Menschen geholfen, die Freunde, die Männergruppen, meine Klienten, das Schreiben und nicht zuletzt das Geschenk eines reichen, gemeinsamen Lebens, die Erfahrung, sehr geliebt worden zu sein.

Lara stellt philosophische Fragen, nach dem Sinn, dem Warum. Wir sprechen über die fast unmenschliche Anforderung, dem Kind alle Liebe zu schenken, um es am und im Leben zu halten, und gleichzeitig ständig fürchten zu müssen, es bald wieder zu verlieren. Die Ungewissheit, wann es gehen wird und man es loslassen muss. Weinend sagt Lara: „Vielleicht fliegt er uns schon bald wieder davon." Sie verströmen beide so viel Liebe und in allem Schmerz eine Haltung, deren Besonderheit tief berührt.

Nach zwei Stunden gehe ich mit der Zusicherung, bald wiederkommen zu dürfen. Bei der Rückfahrt in der U-Bahn schließe ich die Augen. Ich will dieses Erlebnis nicht von lärmigen Reizen stören lassen. Fridu taucht seltsamer Weise derzeit nicht in meinen Träumen auf. Was hat das zu bedeuten?

Donnerstag, 26.12.

Trotz Nieselregen fahre ich am Morgen zum Kieser Training. Es sind wieder mehr Menschen dort. Auf dem AB sind Grüße von Maria und Jakob Fritz, den Eltern von Rosi. Ich rufe zurück. Wir plaudern ein bisschen. Die Verabredung mit Roswitha und Eberhard kommt nicht zustande. Sie sind mit Renovierungsarbeiten und Enkelkinderbetreuung beschäftigt. Eigentlich wollte ich am Nachmittag in die Stadt fahren, aber ich bleibe zu Hause, beantworte Post, spiele mit den Katzen und gehe später zum Essen ins „Ferrara". An zwei größeren Tischen sitzen Familien, die ich kenne. Wir grüßen uns freundlich. Esse ausnahmsweise Wild in Rotweinsauce, mit Gemüse und Kartoffeln. Das Hirschfleisch ist ganz zart und schmeckt sehr gut. Zum Schluss kriege ich einen Baileys spendiert.

Freitag, 27.12.
In der Nacht träume ich, dass Wilfried darüber klagt, dass sein Auto nicht mehr funktioniert. Ich bin verwundert, weil er doch gar keinen Führerschein hat. Gebe ihm dann aber den Rat, dass er doch Jörg bitten soll, ihm zu helfen. Wilfried steht unschlüssig vor dem Wagen. Es ist ein blauer VW Käfer. Mein erstes Auto. Seltsam. Manche Traumbotschaften kann ich nicht entschlüsseln, während ich bei den meisten innere Bezüge oder Anknüpfungen an tagsüber Gedachtes und Erlebtes verspüre.

Am Vormittag fahre ich ins Nolde Museum, um die Ausstellung mit Bildern von Jolanthe Nolde zu sehen. Ich bin wirklich traurig, dass diese Depadance bald schließt. Später sehe ich im Kino Filmkunst 66 einen völlig überflüssigen Film.

Samstag, 28.12.
Telefoniere mit den Eltern von Max und dann mit der Mutter von Lara. Sie erzählt mir, dass sie sich heute in Pankow ein Kinderhospiz ansehen, so dass ich sie nicht besuchen kann. Mit dem Rad fahre ich zum Mexikoplatz und suche für Lara ein schönes dickes Stricktuch aus, für Max einen Seidenschal zum Wärmen und für Carl Bruno einen besonders schönen Stern. Daraus wird ein Päckchen, das als Gruß ins Krankenhaus geschickt wird. Die Hilflosigkeit, dass ich im Grunde gar nichts tun kann, ist schwer zu ertragen. Mich erleichtert es zu wissen, dass die Freundinnen von Lara und der Bruder von Max sehr an deren Seite sind. Die beiden Freundinnen aus Laras Kindheit haben jeweils vor kurzem ein Baby bekommen und gemeinsam mit Lara schon allerhand Pläne geschmiedet, wie sie gemeinsam ihre Kinder betreuen werden.

Am Abend gehe ich ins Kino Arsenal am Potsdamer Platz. Es gibt einen Film von Howard Hawks, „His Girl Friday", eine temporeiche Screwball-Komödie, die mich ein bisschen ablenkt.

Sonntag, 29.12.

Bin zum Frühstück bei Rosi, Thomas und den Kindern. Laufe anschließen mit Rosi um den Schlachtensee. An der Fischerhütte trinken wir draußen einen Cappuccino. Rosi erzählt vom Weihnachtsfest in Pfarrkirchen, bei Oma Ute, der Mutter von Thomas, und dem Zusammentreffen mit Stefan, dem Bruder von Thomas und seinen Kindern. Nach dem Spaziergang schreibe ich einige Stunden an der Fortsetzung von „Schattenjagd". Der bisherige Arbeitstitel ist „Liebesversuche mit Herzgewitter". Komme gut voran.

Am Abend mit Roswitha und Eberhard ins Kino Capitol, um „Das Mädchen und der Künstler" zu sehen. Anschließend gehen wir noch in den „Alten Dorfkrug" in Dahlem und essen gut. Roswitha fragt nach der Entwicklung bei Lara und Max. Ich erzähle ihnen von der jüngsten Entwicklung mit dem Kinderhospiz. Sie selbst haben vier erwachsene Kinder und inzwischen eine große Enkelschar, von denen alle gesund sind. Was für ein unermessliches Glück hier und was für eine Katastrophe dort!

Montag, 30.12.

Vormittags treffe ich mich erneut mit Neumanns, um „Life in Stills" zu sehen. Es ist ein wunderbarer Dokumentarfilm über die 96-jährige Miriam Weissenstein und ihren Enkel Ben, der von dem Kampf um den Erhalt des berühmtesten israelischen Fotogeschäfts erzählt. Die alte Dame ist winzig, aber von herrischer Dominanz, der riesige Enkel geht sanftmütig, fürsorglich mit seiner wunderbar widerborstigen Oma um.

Lara hat angerufen und sagt, dass sie und Max von dem Kinderhospiz „Sonnenhof" sehr angetan sind. Sie werden in einer Woche umziehen. Vorher soll Carl Bruno noch getauft werden. Sie waren sogar mit ihm ein bisschen draußen spazieren und hatten den Eindruck, dass er die Luft genoss. Sie sagt bei ihrem letzten Anruf, dass das Schlafdefizit immer noch unglaublich sei und dass es *so* nicht weitergehen kann. Irgendwie muss Alltag her. Aber wie?

Dienstag, 31.12.

Am letzten Vormittag des Jahres bin ich mit Jackie A. verabredet. Mit ihr habe ich vor acht Jahren ein Jahr lang intensiv gearbeitet. Wir sehen uns nach einer langen Zeitspanne zum ersten Mal wieder. Damals habe ich sie bei einem Prozess vor Gericht begleitet. Es ging um sexuelle Gewalt durch den Stiefvater. Inzwischen ist sie Lehrerin, verheiratet und hat einen kleinen Sohn. Es ist für mich eine große Freude, sie so wohlauf zu sehen. Wir umarmen uns herzlich. Jackie hat mir einen süßen Blumenstrauß mitgebracht. Wir entscheiden uns nach einer Weile, bei mir um den See zu gehen. Ich frage und sie erzählt und erzählt. Als wir später im Café Schlacht eine Brokkolisuppe essen, nehmen wir uns vor, so ein Treffen in größeren Abständen zu wiederholen.

Nachmittags setze ich mich noch ein paar Stunden an die Quartalsabrechnung. Abends um Acht bin ich bei Rosi, Thomas und den Kindern eingeladen. Wir sitzen lange gut bei Raclette zusammen und reden über alles mögliche. Um 24 Uhr gehen wir mit den Kindern zur Straße vor. Sie dürfen ein paar Raketen in die Luft jagen. Es ist ganz hübsch anzusehen. Mir erscheint es ruhiger als in den anderen Jahren. Wir wünschen uns Gutes für das neue Jahr, umarmen uns alle und gehen wieder ins Haus. Ferdi hat sich vor Angst im Kleiderschrank von Sophie versteckt.

Nachdem die Knallerei aufhört, lese ich noch das Buch „Eine iranische Liebesgeschichte zensieren" von Shahriar Mandanipur zu Ende. Es erzählt von dem schier unmöglichen Unterfangen, eine Geschichte zwischen Liebenden zu schildern, denen unbewachte Annäherungen, Blicke, Berührungen verboten sind. Die Sittenwächter sind nicht nur auf den Straßen unterwegs, sondern als Zensor mit der Funktion einer Schere im Kopf des Autors, so dass es für ihn zur Herausforderung wird, dem Liebespaar dennoch eine Chance zu geben. Bei der Lektüre bleibt mir mitunter das Schmunzeln im Halse stecken.

Die Aussicht auf die Iran-Reise bleibt ein außerordentlicher positiver Gefühlsanker für die nächste Zeit.

Das 13. Jahr ohne Fridu geht also zu Ende. Ohne Trostteil! Trotzdem war es ein Jahr, in dem ich wieder lebendiger fühlen und, anders als in den Jahren zuvor, Gedanken an Zukunft zulassen konnte. Mir wird immer mehr bewusst, dass nichts im Leben selbstverständlich ist. Die Frage, wie Fridu wohl ohne mich leben würde, welche Kämpfe er zu kämpfen hätte, wäre ich an seiner Stelle gestorben, kommt mir erstaunlich selten. Wahrscheinlich weil es auch hierauf nie eine Antwort geben wird. Zumindest darf ich vermuten, dass er nicht so lange allein geblieben wäre.

Beim Blättern in diesen Aufzeichnungen erstaunt mich die Fülle der Erlebnisse. Ich registriere jedoch gleichzeitig, dass die emotionale Intensität der Verarbeitung von Erfahrungen, die Erlebnisqualität, zu der ich vor seinem Tod fähig war, nicht mehr erreichbar ist. Es scheint so, als ob diese Minderung des Fühlens, dieser Verlust von innerer Farbigkeit und Tiefe, Teil jener Leerstelle ist, die bleiben wird. Trotzdem kann ich die Frage, ob ich inzwischen ein eigenes, sinnvolles Leben lebe, eindeutig bejahen.

Erfülltes Leben bedeutet mir im Kern, dass die Fähigkeit zu lieben nicht verloren gegangen oder eingetrocknet ist. Obwohl ich nun schon lange alleine lebe, gibt es keine tiefen Einbrüche von Einsamkeit, es existieren zahlreiche Menschen, die ich liebe und auch ich fühle mich geliebt. Außerdem erlaubt mir mein Beruf immer wieder neu, Menschen nahe zu sein, sie bei ihren Lebensbewegungen unterstützend zu begleiten, überhaupt Anteil zu nehmen, an dem was in der Welt existiert und passiert. Das Lernpensum wird auch nicht kleiner, sondern bloß anders, wie es die Erfahrungen des Älterwerdens zeigen: Während die Jahre der Kindheit und des Heranwachsens davon geprägt sind, etwas zu wollen und es noch nicht zu können (oder zu dürfen), gilt es jetzt zu realisieren, dass immer öfter Wollen und Können aus anderen Gründen auseinanderklaffen.

Mit dem Vorsatz, gleich früh am Morgen um den See zu gehen, schlafe ich ein.

Von Irmgard Hülsemann bisher veröffentlichte Bücher:

Berührungen – Gespräche über Sexualität und Lebensgeschichte /
Luchterhand Verlag, 1984, ISBN 9783472615170

Ihm zuliebe? – Abschied vom weiblichen Gehorsam /
Kreuz Verlag Stuttgart / 1988, ISBN 3-596-10407-6

Die geheimen Verbote – Moralische Konflikte in der Therapie
(gemeinsam mit Wilfried Wieck) /
S. Fischer Verlag, 1992, ISBN 9783596108619

Mit Lust und Eigensinn – Die weibliche Eroberung des Glücks /
Hoffmann und Campe Verlag, 1992, ISBN 9783455084528

Ich will fühlen, dass ich lebe /
Hoffmann und Campe Verlag, 1995, ISBN 9783455110586

Lou. Das Leben der Lou Andreas Salomé /
Claassen Verlag, 1998, ISBN 9783546001526

Sein Herz war ein blauer Vogel /
Kreuz Verlag Stuttgart, 2002, ISBN 978-3783121445

Reise ohne Dich – eine Collage /
Books on Demand und E-Book, 2005, ISBN 3-8334-3424-4

Liebeslauf – oder eine fast alltägliche Geschichte /
Edition Fischer, 2008, ISBN 978-3-89950-363-0

Schattenjagd /
Book on Demand, 2012, ISBN 978-3-8448-9063-1

Von Wilfried Wieck (1938-2000) veröffentlichte Bücher:

Männer lassen lieben – Die Sucht nach der Frau /
Kreuz Verlag Stuttgart, 1989, ISBN 9783783108804

Söhne wollen Väter – Wider die weibliche Umklammerung /
Hoffmann und Campe Verlag, 1992, ISBN 3-455-08463-X

Wenn Männer lieben lernen /
S. Fischer Verlag, 1993, ISBN 9783596110957

Meine Tochter und ich – Ein Vater will erwachsen werden /
Hoffmann und Campe Verlag, 1994. ISBN 3-455-11034-7

Absender: Dein Sohn – Briefe an den Vater /
Verlag Dtv, 1995, ISBN 3-423-30466-9

Was Männer nur Männern sagen und
was Frauen trotzdem wissen sollten /
Kreuz Verlag Stuttgart, 1999, ISBN 3-7831-1708-9

Liebe Mutter, du tust mir nicht gut. Söhne schreiben an ihre Mutter /
Kreuz Verlag Zürich, 2000, ISBN 3 268 00254 4

Dic Erotik des Mannes – Zwischen Sehnsucht und Erstarrung /
Kreuz Verlag Stuttgart, Zürich, 2002, (nach dem Tod von Wilfried Wieck herausgegeben von Irmgard Hülsemann),
ISBN 3 7831 21167